动漫应用技术系列规划教材

Maya 基础与实例教程

刘黎明　等编著

机械工业出版社

在动画的制作过程中，当完成了模型贴图纹理的制作和骨骼权重设置后，就要考虑如何使动画更具有表现力，如使人物长出头发，使地面覆盖植物等。本书涉及 Maya 软件中刚体、柔体、粒子、场、绘画特效、毛发、头发、渲染和后期合成方面的内容，在每一章节都对相关命令及工具进行详细介绍，并在制作实例中对该章的内容进行综合应用。

　　本书配赠多媒体光盘，包括全书所有实例的工程文件、素材和全书所有实例操作过程的视频文件，以帮助读者形象直观地学习本书。

图书在版编目（CIP）数据

Maya 基础与实例教程 / 刘黎明等编著. —北京：机械工业出版社，2011.10

动漫应用技术系列规划教材

ISBN 978-7-111-36326-2

Ⅰ. ①M… Ⅱ. ①刘… Ⅲ. ①三维动画软件，Maya—教材

Ⅳ. ①TP391.41

中国版本图书馆 CIP 数据核字（2011）第 224042 号

机械工业出版社（北京市百万庄大街 22 号　邮政编码 100037）

责任编辑：和庆娣

责任印制：乔　宇

三河市国英印务有限公司印刷

2012 年 1 月第 1 版·第 1 次印刷

184mm×260mm · 11.75 印张 · 285 千字

0001—3000 册

标准书号：ISBN 978-7-111-36326-2

　　　　　 ISBN 978-7-89433-184-7（光盘）

定价：29.00 元（含 1DVD）

凡购本书，如有缺页、倒页、脱页，由本社发行部调换

电话服务　　　　　　　　　　　网络服务

社服务中心：（010）88361066

销售一部：（010）68326294　　门户网：http://www.cmpbook.com

销售二部：（010）88379649　　教材网：http://www.cmpedu.com

读者购书热线：（010）88379203　　**封面无防伪标均为盗版**

动漫应用技术系列规划教材
编审委员会

名誉主任：高文胜

主　　任：程大鹏

副主任：陈　明　王京跃　李喜龙

委　　员：张荣章　贾肇曾　杨　寅　赵　凡　韩洪梅　侯松霞　武　军

　　　　　沈　薇　李金凤　张　军　孟祥双　郝　玲　郝卫国　耿　坤

出 版 说 明

　　随着我国国民经济的高速发展，人民生活水平的不断提高，特别是青少年，对创意性、时尚性强的高品位动漫文化、动漫产品需求越来越大，因此动漫游戏具有庞大的消费市场和巨大的发展空间。目前，我国动漫产业已经发展成为 21 世纪最具潜力的朝阳产业之一，并成为重点发展产业。

　　在这种环境背景下，全国高等学校和动漫行业知名专家共同建立了"高等院校动漫专业课程体系"。针对目前应用型动漫游戏课程的教学特点，结合教学一线的实践经验，在保证教材质量的前提下，机械工业出版社策划并出版了"动漫应用技术系列规划教材"。

　　考虑到目前动漫专业的人才培养目标，结合我社的具体开发策略，制定出本系列教材的建设开发指导思想为"面向实际、面向应用、面向对象"。其总体思路如下：

　　1．面向全国各地区、各高等院校的不同情况，出版不同特点的教材，以满足不同学校、不同专业的教学需要。

　　2．以"工学结合"的思想打造教材。本系列教材区别于传统教材的"只讲软件中间穿插小实例"的编写方法。摒弃了学生只学到软件的部分应用，片面追求软件操作功能，而缺乏对设计开发创新培养的思想。所以本系列教材以工作过程为导向，以企业实际设计案例的操作性知识为主，以学习软件的陈述性知识为辅。同时强调并开发读者的形象思维和动手能力，提高社会市场竞争，使之适应社会对人才的需求。

　　3．采用"项目、任务、案例驱动"的教学模式。具体为"安排任务——发放素材——学生自学——教学演示——动手操作——综合测评" 6 步教学法。本系列教材提供教学大纲、教学计划、教学课件、视频演示、实验指导、电子题库等全方位立体化教学资源服务，并配有作品赏析、彩色图片和实训案例，使读者在学习过本套教材后不仅能够得到知识，还能得到实践经验。

　　4．采取多元化的教材体系结构。围绕"高等院校动漫专业课程体系"，提供课程菜单供各校按需选用，并根据市场、技术的发展和教学需要，不断地补充和调整。

　　由于我国的动漫专业应用技术教育正在蓬勃发展，许多问题有待深入讨论，新的经验也会层出不穷，本套教材的内容将会根据新的形势不断丰富和调整。只有这样，才能比较灵活地满足日新月异的市场需要。希望更多的院校与教师参与到我们的课程体系与教材建设中来，为我国动漫产业的蓬勃发展贡献力量。

机械工业出版社

前　言

　　Maya 软件系统庞大，功能众多，提供了大量优秀的工具用于数字影像的制作，许多效果不必借助插件就可提供优秀的解决方案。本书主要讲述动力学等方面的内容，并对最终渲染输出与后期合成的协同工作进行了简单描述。在每一章中都对重要的工具进行了详细说明，然后在实例制作中使用这些工具，力求做到在实际操作中掌握并提高创建数字影像的技能。

　　第 1 章介绍了粒子与场，粒子是指软件中可被渲染的点，通过使用场或表达式来控制粒子。第 2 章介绍了刚体和柔体，刚体和柔体也是主要通过各种场或表达式来进行控制。第 3 章的绘画效果介绍了 Maya 非常具有特色的模块，滑动鼠标即可创造神奇的效果。第 4 章和第 5 章介绍了 Maya 的毛发和头发制作效果，这两个模块有些相似，但毛发主要用于短毛，属于渲染模块，而头发主要用于长发，属于动力学模块。第 6 章介绍了渲染输出及后期软件中的一些简单操作。第 7 章主要通过实例制作对之前内容进行总结概括。

　　随着 Maya 软件的不断升级，更多的工具或模块将被引入，因此，在学习的过程中，需要不断更新自己的学习内容，以适应科技的发展。

　　为了方便读者学习，提高学习效果，本书随书配赠了多媒体光盘，包括全书所有实例的工程文件、素材和全书所有实例操作过程的视频文件，以帮助读者形象直观地学习本书。

　　本书主要由刘黎明编写，参与编写的还有王京跃、高文胜、李喜龙、段明阳、刘鹏、胡筝、赵鹏、张彬、李学志、商玉涛、刘玲玲。由于编者水平有限，书中难免出现错误和疏漏之处，希望广大读者予以指正。

编　者

目　　录

第1章 粒子与场

1.1 粒子

在 Maya 中,粒子是一个非常重要、特殊的概念,是 CG 特效制作环节中必不可少的一项技能。粒子被大量应用于模拟自然界中由大量细小微粒组成的、具有流动性、随机性、不稳定性的自然现象,如火、烟、云、雪和空气中的尘埃等。当今电影中的许多爆炸、焰火等效果很可能就是使用三维软件的粒子系统制作的。粒子是一些能够被渲染的点,它的运动属于物理模拟而非传统意义的动画,用户无法直接控制粒子的形态,但可以对粒子的属性、粒子发射器、动力场等影响粒子运动的元素设置关键帧,也可以使用表达式来控制它。

粒子结合动力学系统可以制作使用传统关键帧动画很难实现的效果,如跳动的火焰、逐渐消散的烟等。根据渲染方式的不同,Maya 中的粒子系统可以分为软件渲染粒子和硬件渲染粒子两种,这两种方式都有各自的优势。

1.1.1 创建粒子

1. 通过单击创建粒子

1)创建单个粒子:在新建的场景中,按【F5】键进入动力学模块,执行 "Particles"(粒子) → "Particle Tool"(粒子工具)的 ❏,打开设置窗口,如图 1-1 所示。在视图中任意位置单击,每单击一下都会在视图中出现一个红色的 "+",这就是粒子。

在创建粒子过程中按【Insert】键,粒子显示为矩形,在任意粒子上按鼠标左键或中键可以移动该粒子点。完成后再次按【Insert】键,粒子再次显示为 "+" 时,可以继续创建粒子。

按【Backspace】键,最后创建的粒子会消失,继续按【Backspace】键,粒子会按照创建时的先后顺序依次消失。

按【Enter】键完成创建,粒子由红色点变为绿色点。

2)创建粒子组:执行 "Particles" → "Particle Tool" 的 ❏,打开设置窗口,修改 "Number of Particles"(粒子数量)为 10,当该数值大于 1 时,自动开启 "Maximum Radius"(最大半径),修改 "Maximum Radius" 为 5,在视图中单击,每单击一次都会出现一个最大半径为 5~10 个粒子随机排列组成的粒子球。

3)勾画创建粒子:执行 "Particles" → "Particle Tool" 的 ❏,打开设置窗口,修改 "Number of Particles" 为 10,修改 "Maximum Radius" 为 5,选择 "Sketch particles"(勾画粒子)复选框,在 "Sketch interval"(勾画间隔)文本框中设定每个粒子组间的距离,如图 1-2 所示。

4)创建粒子网格:创建一个新的场景,执行 "Particles" → "Particle Tool" 的 ❏,打开设置窗口，选择"Create particle grid"（创建粒子网格）复选框，在"Placement"（位置）选项组中选择"With Cursor"（光标定位）单选按钮，在 Top 视图左上角和右下角各单击一下，出现两个红色"+"后按【Enter】键创建一个二维粒子网格。

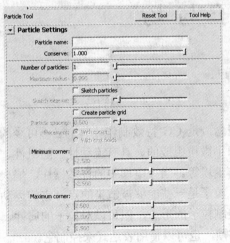

图 1-1　创建粒子设置窗口

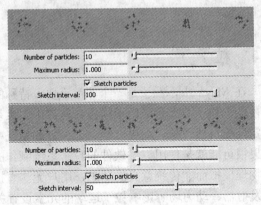

图 1-2　使用勾画方式创建粒子

"Particle spacing"（粒子间距）：设定每粒子之间的距离。

将之前的二维粒子网格删除，在 Top 视图左上角和右下角各单击一下，然后按【Insert】键，将其中一个点在 Front 视图向上或向下移动一段距离，这将决定粒子网格的高度，完成后按【Enter】键，将会创建一个三维粒子网格。

如果需要精确设定粒子网格可以在"Placement"选项组中选择"With text fields"（数字输入）单选按钮，激活"Minimum corner"（最小角）和"Maximum corner"（最大角）选项组，在其中输入两个粒子的坐标值，然后在场景中按【Enter】键创建粒子网格，如图 1-3 所示。

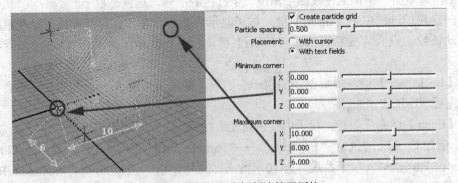

图 1-3　使用输入坐标创建粒子网格

2．使用发射器创建粒子

在粒子系统的使用中，利用发射器创建粒子是最常用的方式。

执行"Particles"→"Create Emitter"（创建发射器）的□，打开设置窗口，如图 1-4 所示。使用默认方式创建粒子发射器，单击播放按钮，粒子会从发射器中发出。

（1）"Basic Emitter Attributes"（发射器基本属性）

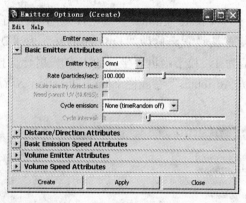

图1-4　粒子发射器设置窗口

1）"Emitter name"（发射器名称）：为发射器定义名称。

2）"Emitter type"（发射器类型）：该下拉列表框定义发射器的类型，在下拉列表框下共有3个选项。

● "Omni"（散射）：粒子发射器在空间中的一个点向所有方向发射粒子。

● "Directional"（方向）：粒子发射器在空间中的一个点向指定方向发射粒子。

● "Volume"（体积）：通过简单几何体发射粒子，Maya提供"Cube"（立方体）、"Sphere"（球体）、"Cylinder"（圆柱体）、"Cone"（圆锥体）和"Torus"（圆环）5个选项。

3）"Rate（particles/sec）"（发射率）：发射器每秒钟发射粒子的数量。

4）"Scale rate by object size"（根据物体尺寸缩放发射率）：当Emitter Type类型为Volume时，此选项将被激活。选择此选项：当发射器体积增大时，单位时间内粒子发射器发射粒子的数量也将随之增加；若取消选择此选项：改变发射器体积的大小对单位时间内发射粒子的数量不产生影响。

5）"Cycle emission"（循环发射）：定义发射粒子的重复设置，在其下拉列表框中有两个选项。

● None（timeRandom off）：Maya的默认设置，粒子重复不发射。

● Frame（timeRandom on）：粒子的重复发射，重复周期由"Cycle Interval"（重复间隔）的数值决定。

执行"Particles"→"Create Emitter"的□，打开设置窗口，修改"Cycle emission"为"Frame（timeRandom on）"，并设置"Cycle interval"数值为1，发射粒子；然后修改"Cycle emission"为"Frame（timeRandom on）"，再次发射粒子，如图1-5为两种模式的比较，如果使用"Frame（timeRandom on）"并设置"Cycle Interval"为较大的数，可以得到"None（timeRandom off）"设置的效果。

（2）"Distance/Direction Attributes"（距离/方向属性）

1）"Max/Min distance"（最大/最小距离）：定义粒子产生时距离发射器的最大和最小距离，粒子发射器发射的粒子在最大最小界定的范围内随机产生，如图1-6所示。

2）"Direction X/Y/Z"（X/Y/Z方向）：当使用Directional方式创建粒子时，该项被激活，定义粒子发射的方向。数值1定义正方向，–1定义反方向，1与–1定义是0°～180°的范围。执行"Particles"→"Create Emitter"的▢，打开设置窗口，先执行"Edit"→"Reset Settings"命令恢复默认设置。修改"Emitter type"为"Directional"创建粒子发射器，默认 Direction X 数值为 1，粒子沿世界坐标的 X 轴发射，选择发射器按【Ctrl + A】组合键在"Distance/Direction Attributes"卷展栏下修改 Direction X/Y/Z 数值观察粒子发射方向的变化，如图 1-7 所示。

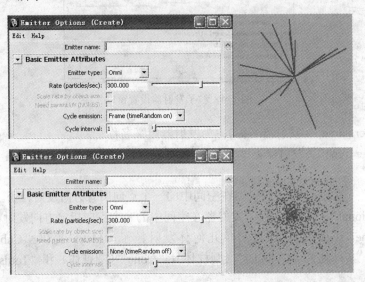

图 1-5　循环发射选项对粒子发射形态的影响

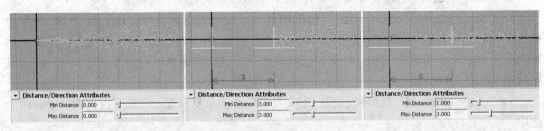

图 1-6　粒子发射的最大/最小距离

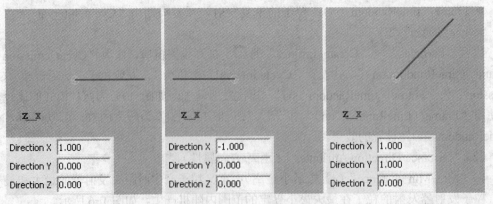

图 1-7　控制粒子的发射方向

3）"Spread"（扩散）：当使用"Directional"方式创建粒子时，该项被激活定义粒子发散的角度。0～1 数值定义的不是角度，而是 0°～180°间的范围，0.5 就是 90°，如图 1-8 所示。

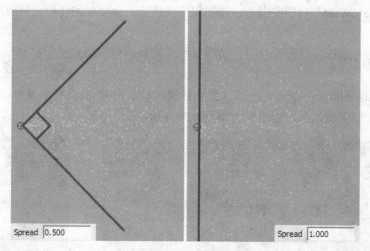

图 1-8　扩散控制方向粒子发散的角度

（3）"Basic Emitter Speed Attributes"（发射器基本速度属性）

1）"Speed"（速度）：控制粒子的速度。该数值不是定义粒子的绝对速度，而是将该数值与粒子原始发射速度进行乘法运算。设置为 1 时速度保持不变，设置为 2 时速度为原来的 1 倍，设置为 0.5 时是原始速度的一半。

2）"Speed Random"（速度随机）：为发射的粒子设置随机数值。"Speed"中的数值是平均速度，"Speed Random"定义速度的变化范围。为这两个参数赋值后，每个粒子的速度都是在根据下面两个算法得出的数值范围之间取值。

Speed −Speed Random/2

Speed + Speed Random/2

设置"Speed"数值为 1 时，设置"Speed Random"数值为 4，根据以上提供的算法得出：

$1 - 4/2 = -1$

$1 + 4/2 = 3$

粒子速度出现负值，因此，会从相反方向发射粒子，如图 1-9 所示。若将"Speed"数值改为 2，"Speed Random"数值仍为 4，就不会再从相反方向发射粒子。

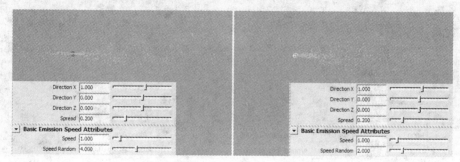

图 1-9　粒子随机值对粒子的影响

（4）"Volume Emitter Attributes"（体积发射器属性）

1）"Volume offset"（体积偏移）：指定从发射器到发射体积的偏移数值。

2）"Volume Sweep"（体积去除）：该数值定义除立方体以外的体积旋转角度，如图 1-10 所示。

3）"Section radius"（截面半径）：该项仅用于圆环，该数值定义了"Torus"发射器的截面半径。

4）"Die on emission volume exit"（到达体积时粒子消失）：当粒子发射器发射的粒子到达体积边缘时，粒子会消失，像用粒子填充一个体积，如图 1-11 所示。

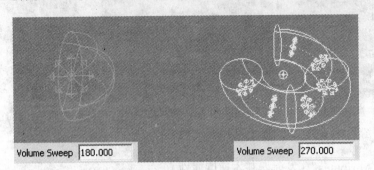

图 1-10　控制粒子发射器体积旋转角度　　　　图 1-11　粒子在体积边缘时消失

（5）"Volume Speed Attributes"（体积速度属性）

1）"Away From Center"（离开中心速度）：粒子飞离体积中心的速度。使用"Cube"和"Sphere"型体积发射器时该项被激活。

2）"Away From Axis"（离开轴速度）：粒子飞离旋转轴的速度。使用"Cylinder"、"Cone"和"Torus"体积型发射器时该项被激活。

3）"Along Axis"（沿轴向）：粒子沿所有体积发射器的体积中心轴的运动速度，对于Cube、Sphere 型体积发射器来说，正向的"Y"轴作为中心轴。

4）"Around Axis"（环绕轴）：粒子围绕体积中心轴运行时的速度。如图 1-12 所示，当不设定"Along Axis"和"Around Axis"数值时，粒子像"Omni"方式一样发射。设定"Along Axis"数值后，粒子像"Directional"方式一样发射，设定"Around Axis"数值，粒子沿轴向横向散开。

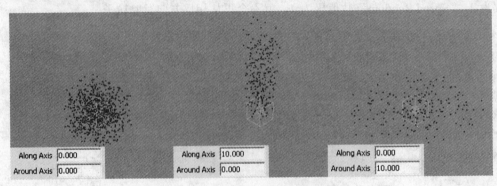

图 1-12　修改轴向参数对粒子的影响

5）"Random Direction"（随机方向）：使粒子能够发散，与"Spread"对其他发射器的作用相似，在场景中创建一个 Cube 体积发射器，设置"Away From Center"数值为 0，"Along Axis"数值为 1，播放动画，如图 1-13（左）所示。修改"Random Direction"数值为 0.3，再次播放动画，如图 1-13（右）所示。

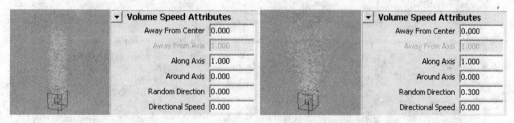

图 1-13　随机方向对粒子形态的影响

6）"Directional Speed"（方向速度）：在 Direction X/Y/Z 设置粒子发射方向后，该属性数值设定粒子沿指定方向（如 X/Y/Z 方向）发射时的速度，如图 1-14 所示。

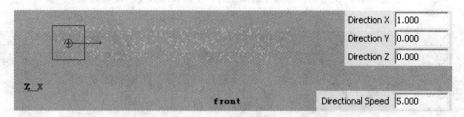

图 1-14　方向速度设置粒子沿某一方向发射时的速度

7）"Display Speed"（显示速度）：选择此选项，会在发射器上显示一个箭头指示粒子发射速度及方向，若再选择"Scale speed by size"（使用尺寸显示速度），会以箭头的虚实程度来显示力的大小。

（6）"Emit from Object"（使用物体作为发射器）

在视图中创建 3 个 Polygon Plane 物体和 3 个 NURBS Circle 物体，选择场景中的物体，执行"Particles"→"Emit from object"（发射器源自物体）的 ❒，打开设置窗口，在"Emitter Type"下有"Omni"、"Directional"、"Surface"和"Curve"4 个选项，"Surface"只能用于表面，"Curve"只能用于曲线。为平面和曲线分别设置不同的发射类型，结果如图 1-15 所示。

粒子沿曲面发射的方向由"Basic Emission Speed Attributes"属性下的"Tangent Speed"（切线速度）和"Normal Speed"（法线速度）属性进行控制，如图 1-16 所示。

（7）"Per-Point Emissiion Rates"（设置每点的发射速率）

1）在场景中创建一个多边形立方体，执行"Emit from Object"命令。为了能够清楚看到效果，设置"Rate"为 50，"Speed"为 0.1，播放动画，在立方体的每个顶点都有粒子发射出来，如图 1-17 所示。

2）选择立方体，执行"Per-Point Emission Rates"命令，按【Ctrl＋A】组合键，打开立方体属性选择相应的形节点选项卡，展开底部的"Extra Attributes"（额外属性）卷展栏，在"Emitter 1 Rate PP"卷展栏下可以对每个顶点的发射速率进行设置，如图 1-18 所示。

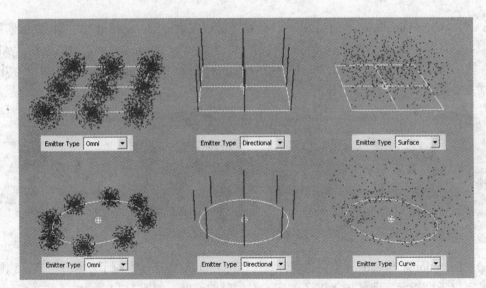

图 1-15 使用物体作为发射器发射粒子时使用的不同发射类型

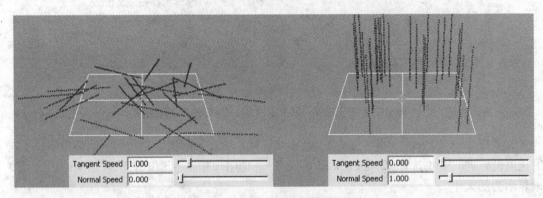

图 1-16 控制沿曲面发射粒子的方向

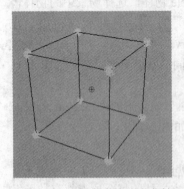

图 1-17 粒子由每个顶点发射

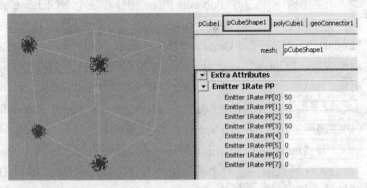

图 1-18 修改顶点的发射速率

　　提示：使用中发现这种单独控制发射率最多支持 13 个顶点，如果以默认的多边形球体作为发射粒子的物体，选择并执行 "Per-Point Emission Rates" 命令后，在 "Emitter 1 Rate PP" 卷展栏中只列出 13 个控制相应顶点项，对更多的顶点无效。

1.1.2 粒子碰撞

1."Make Collide"（产生碰撞）

通过设置粒子与模型发生碰撞，可以使粒子与普通几何体碰撞时，改变粒子的运动。

在场景中创建粒子发射器，并创建一个几何体，默认情况下，粒子不与几何体发生碰撞，如图1-19（左）所示，选择粒子和几何体执行"Particles"→"Make Collide"命令再次播放动画，粒子在碰到几何体后运动发生改变，如图1-19（右）所示。

图1-19　设置粒子与几何体碰撞

解除粒子与物体碰撞，执行"Window"→"Relationship Editors"→"Dynamic Relationships"命令。在打开的窗口内选择左侧的粒子后，选择右侧的"Collisions"单选按钮，在列表框中设定粒子是否与物体碰撞，如图1-20所示。

在场景中创建粒子碰撞事件，然后按【Ctrl＋A】组合键，打开属性设置，可以对碰撞进行编辑，如图1-21所示。该设置与执行"Particles"→"Make Collide"的 ❏ 相同，但多出"Tessellation Factor"（细分系数）属性控制，当粒子碰撞复杂物体时，设置该参数为较低的数值可以加速场景的播放，但是会降低粒子的碰撞灵敏度。

图1-20　解除粒子与物体的碰撞

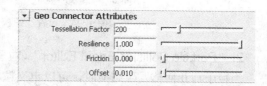

图1-21　碰撞细分系数

1）"Resilience"（弹力）：设置该数值为0时，粒子不发生反弹，设置为1时粒子反弹程度最大，设置为–1时粒子会穿过模型，取值为0～–1间的数，粒子会以折射方式穿过物体，如图1-22所示。

2）"Friction"（摩擦力）：粒子从表面弹开时，若该值为0，粒子不受摩擦力的影响，若该值为1，粒子沿与表面垂直的法线方向弹开，如图1-23所示。

3）"Offset"（偏移）：粒子与表面碰转产生反弹时，该数值设置反弹粒子距离表面的距离，如图1-24所示。

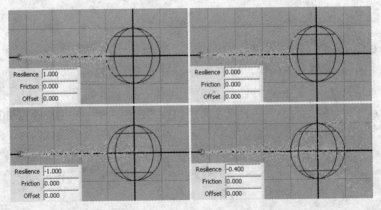

图 1-22　弹力对粒子碰撞的影响

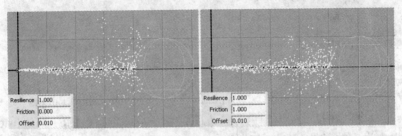

图 1-23　摩擦力对粒子碰撞的影响

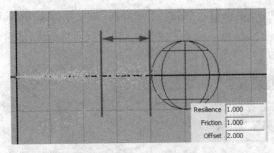

图 1-24　设置反弹粒子距离物体表面距离

2．"Particle Collision Event Editor"（粒子碰撞事件）

当粒子与几何体发生碰撞时，可以定义粒子不是简单的改变运动状态，可以设定在碰撞时发生一些事件，如原始粒子死亡新粒子诞生，模拟子弹打在金属表面的效果等。

1）"Objects"：在此栏显示场景粒子列表。

2）"Events"（事件）：当为场景中的粒子创建事件后将会在此栏列出粒子碰撞事件列表。

3）"Update Object List"（更新物体列表）：刷新场景中的各种物体的列表。

4）"Selected object"：选择物体；"Selected event"：选择事件；"Set event name"：设置事件名称。

5）"Editing/Creating event"（编辑/创建事件）：当为粒子创建完一个碰撞事件后，窗口左下角的"Create Event"按钮会变灰，这时选择相应的粒子后，单击右侧的"New Event"（新事件）按钮就可以再次激活"Create Event"按钮，对粒子事件进行不同设置后，再次单击"Create Event"按钮可以为该粒子创建更多的事件，如图1-26所示。

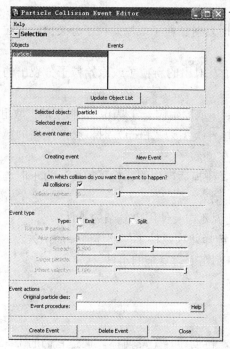
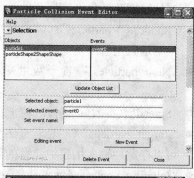
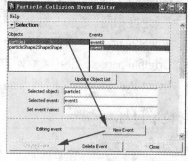

图1-25　粒子碰撞事件编辑器　　　　　　　图1-26　编辑粒子碰撞事件

6）"All collisions"（完全碰撞）：选择此项，设置粒子与物体碰撞后，粒子如多次与该物体碰撞均会触发事件。

"Collisions number"（碰撞数字）取消"All collisions"后将会激活该项，在该数值后面输入数字，设置在第几次碰撞时会触发粒子碰撞事件，不足或超过该数值的次数，碰撞事件不会发生。当该数值为"0"时，所有碰撞都触发事件，如图1-27所示。

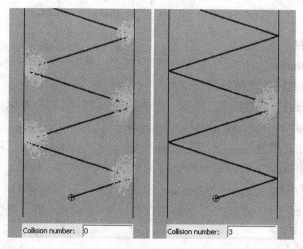

图1-27　碰撞数字设置

7）"Event Type"（事件类型）：在这里设置碰撞事件的细节部分。

- "Type"："Emit"（发射）和"Split"（分裂）这两项定义当粒子碰撞时是发射新粒子还是原始粒子分裂产生新的粒子。
- "Random # particles"（随机#粒子）：碰撞时发射新粒子或原始粒子分裂出的新粒子数量不是固定值而是随机值。
- "Num particles"（粒子数量）：碰撞时粒子发射出的新粒子或原始粒子分裂出的新粒子数量。
- "Spread"（扩散）：碰撞时粒子发射出的新粒子或原始粒子分裂出的新粒子的扩散角度。
- "Target particle"（目标粒子）：粒子碰撞事件类型为"Emit"时，会产生新的粒子，可以在此栏输入场景中已有的粒子名来产生新粒子。
- "Inherit velocity"（继承速度）：该数值定义碰撞后产生的新粒子速度，为 1 时与原始粒子速度相同，为 0.5 时是原粒子速度的一半。

8）"Event actions"（事件行为）：设置粒子是否死亡及使用更复杂的事件。
- "Original particle dies"（原始粒子死亡）：选择此项，粒子与物体碰撞后消失。
- "Event Procedure"（事件程序）：使用脚本制作更为复杂的事件。

1.1.3 粒子目标

1. 为粒子添加目标

在场景中使用默认数值创建一个粒子发射器，再创建一个几何体，调整它们的距离，播放动画如图 1-28（左）所示，选择粒子和球体，执行"Particles"→"Goal"命令后，再次播放动画，如图 1-28（右）所示，粒子被吸引至小球的顶点上。

图 1-28　为粒子添加目标

2. 粒子目标属性

1）"Goal Smoothness"（目标平滑）：粒子向目标运动过程中的平滑度，该数值越大，粒子最终到达目标点的时间花费越长。

2）"pSphereShape1"（目标体名称）：该项根据目标体的名称不同而变化。在粒子以小球为目标的运动过程中，粒子不是直接到达小球顶点，而是以一种振荡反复的运动最终到达目标点，选择粒子打开属性编辑器，在"particleShape"卷展栏下打开"Goal Weights and Objects"（目标权重和物体）修改该参数为 1，如图 1-29（左）所示，再次播放动画，粒子直接吸附到球体的顶点上，没有运动的过程，如图 1-29（右）所示。

3）"Goal Active"（目标行为）：选择该选项，则目标起作用，取消选择，则目标失去作用。

1.1.4 粒子替换

使用粒子替换功能，可以模拟群集动画。

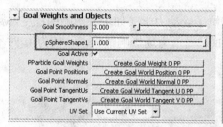

图 1-29　修改粒子目标权重

1）在场景中创建一个简单的模型，然后执行"Particles"→"Create Emitter"的 ⬛，设置"Emitter type"为"Omni"，"Rate"为 10，在场景中创建一个发射器。

2）在"Outliner"内选择模型，然后加选粒子，执行"Particles"→"Instancer（Replacement）"（替换）命令，播放动画，粒子被替换成之前制作的模型，如图 1-30 所示。

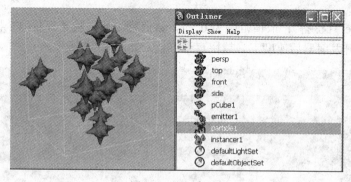

图 1-30　粒子替换

1.1.5　编辑粒子属性

Maya 中粒子属性非常多，有一部分显示在操作面板上，还有一部分没有出现在操作面板上，用户可以根据实际需要将它们调出，在这里只介绍常用的几种属性。

1."General Control Attributes"（综合控制属性）

1）"Is Dynamic"（动力学）：选择该复选框时，粒子发射器能够发射粒子，取消选择，发射器不再发射粒子，如图 1-31 所示，若希望在测试场景中其他动画时取消粒子动画可以关闭它来提高速度。

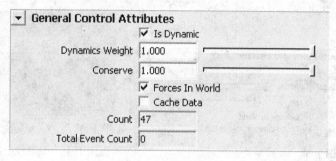

图 1-31　综合控制属性

2）"Dynamics Weight"（动力学权重）：该值控制粒子受动力学（如场）影响的程度，数值越小受动力学影响越小，如图 1-32 所示，该值为 1 时受重力场影响最大，该值为 0 时不受重力场影响。

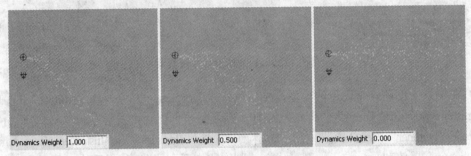

图 1-32　动力学权重对粒子运动的影响

3）"Conserve"（保持）：取值范围为 0~1，该值为 1 时，粒子保持一个恒定的速度，数值越小，粒子离开发射器后速度下降越快直至停止。如图 1-33 所示。

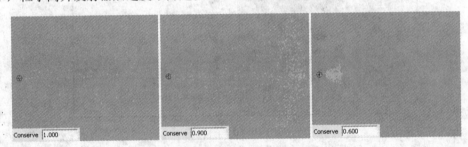

图 1-33　粒子持续运动速度设置

4）"Cache Date"（数据缓存）：在播放粒子动画时选择此复选框，能够将粒子运动暂存，前后拉动时间线，粒子能够正常运动，取消选择此复选框，向后拉动时间线，粒子不能正常运动。

2．"Emission Attributes"（发射属性）（如图 1-34 所示）

1）"Max Count"（最大数）：若将该项设置为一个正数，则粒子发射器会发射出该数目的粒子。粒子死亡后再次发射相同数目粒子，如图 1-35 所示。设定为负数后按"Rate（Particles/Sec）"的数值发射粒子。

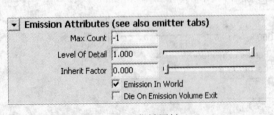

图 1-34　发射属性

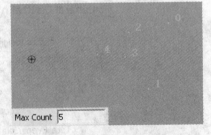

图 1-35　设置粒子发射最大数目

2）"Level Of Detail"（细节级别）：减小该数值会降低粒子数量，提高速度。如图 1-36 所示，设置固定的"Rate（particles/sec）"，然后修改"Level Of Detail"，可以改变粒子数量。

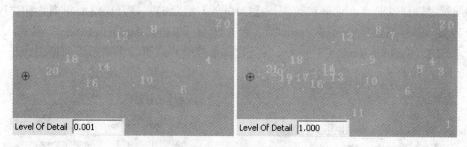

图 1-36   设置细节级别

3）"Inherit Factor"（继承要素）：若粒子发射器有父物体，该数值为 0，则粒子不继承父物体的运动速度，若该数值为 1，则粒子完全继承父物体的运动速度。

如图 1-37（左）所示，建立两个粒子发射器和两个几何体，将粒子发射器作为几何体的子物体，为几何体制作位移动画，将一个粒子"Inherit Factor"属性设置为 1，另一粒子设置为 0，播放动画，"Inherit Factor"为 1 的粒子随父物体移动，当父物体停止时，粒子继续向前移动，如图 1-37（右）所示。

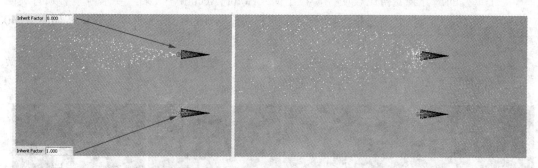

图 1-37   继承要素对粒子运动的影响

3."Lifespan Attributes"（生命属性）

对设置粒子的生命，单击"Lifespan mode"（生命模式）下拉按钮会列出粒子的 4 种生命模式，如图 1-38 所示。

1）"Live forever"（永远存活）：粒子发射后不会消亡，一直存在。

2）"constant"（恒量）：在"Lifespan"中输入一个数值，设定粒子的存活时间。该数值的时间单位是秒，如将该数值设定为 2，粒子会在场景中存活 48 帧即 2s。

3）"random range"（随机范围）：在 Lifespan 中输入一个数值，设定粒子的基本存活时间，在"Lifespan Random"（生命随机）栏输入随机的数值。

4）"LifespanPP only"（单粒子生命）：当粒子的生命模式选择该项时，下面的参数都变为不可输入状态，它的控制在"Per Particle（Array）Attributes"（每粒子（阵列）属性）下的"LifespanPP"卷展栏，需要使用表达式等进行控制。

4."Render Attributes"（粒子渲染属性）

单击"Particle Render Type"（粒子渲染属性）下拉按钮，会列出粒子的 10 种渲染模式，在粒子类型中，后面没有"s/w"都是硬件渲染型粒子，后面带有"s/w"是软件渲染型的粒子。

在场景中创建发射器，选择粒子，按【Ctrl+A】组合键，打开属性编辑器，在"Particle Render Type"下拉列表框中选择"points"（点）选项，单击"Add Attributes For"（为…增加属性）旁边的"Current Render Type"（当前的渲染类型）按钮，会列出当前使用粒子的更多属性，如图 1-39 所示。

图 1-38　设置粒子生命

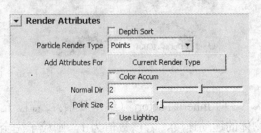

图 1-39　粒子渲染属性

1）"Point"（点）粒子在场景中显示为点，这是 Maya 默认的粒子形式。

● Color Accum：选择此复选框，在渲染时会计算重叠粒子的 RGB 成分和不透明度。粒子重叠的部分会变得比较明亮，粒子的"Color Accum"效果，要求粒子必须有透明度。如取消选择此复选框，则不计算粒子重叠的 RGB 和透明度的变化，如图 1-40 所示。

● "Use Lighting"（使用灯光）：若选择此复选框，能使场景中的灯光对粒子产生照明效果，如图 1-40 所示。该项并不需要粒子透明度。

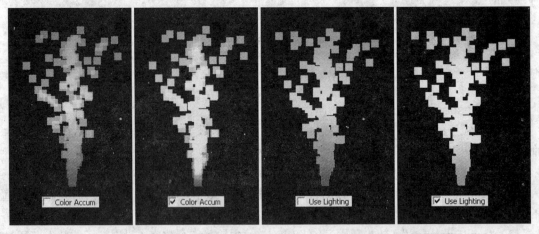

图 1-40　设置粒子"Color Accum"及"Use Lighting"对粒子渲染效果的影响

● "Normal Dir"（法线方向）：控制粒子的法线方向。图 1-41 所示为将粒子的"Normal Dir"依次设置为 1、2、3 时的渲染结果。

● "Point Size"（点尺寸）：控制点状粒子的尺寸。

2）"MultiPoint"（多点）每个粒子都是由多个点组成的，如图 1-42 所示。

● "Multi Count"（多点数目）：定义在一个粒子内部所显示的粒子点的数目。

16

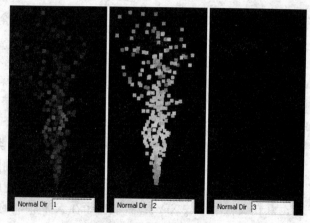

图 1-41　设置粒子法线方向

- "Multi Radius"（多点半径）：每个粒子内随机分布的粒子点所形成的球形区域的半径尺寸（与之前相同的属性不再重复）。

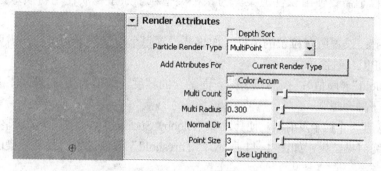

图 1-42　设置多点粒子属性

3）"MultiStreak"（多条纹）：显示为带有拖尾的粒子，如图 1-43 所示。粒子拖尾长度与粒子的运动速度成正比，速度越快，拖尾越长。

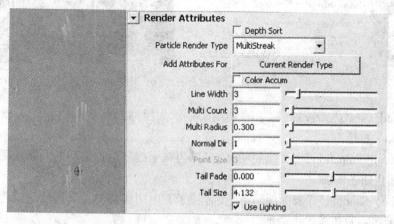

图 1-43　设置多条纹粒子属性

- "Line Width"（线条宽度）：定义每个粒子的宽度。

- "Tail Fade"（尾部渐隐）：定义粒子尾迹的透明度，值为 0 时完全透明，为 1 时完全不透明。
- "Tail Size"（尾迹尺寸）：定义粒子尾部的长度，可以输入负值表示相反方向。

4）"Numeric"（数字）：每个发射的粒子会显示其 ID 号。当选择该下拉列表框中的 "Selected Only" 选项时，粒子的 ID 号会消失，这时只有选择单个的粒子才会显示其 ID 号。

5）"Spheres"（球体）：将粒子渲染为球体，该项只有一个调节球体半径的 "Radius"。

6）"Sprites"（精灵）：这是 Maya 中比较常用的一种硬件粒子，该类粒子是一种始终朝向摄像机的矩形片，通常会为这种类型的粒子赋予带有 "Alpha" 通道的图片。

- "Sprite Num"（精灵粒子数字）：当使用图片序列时，该数值决定序列文件数。
- "Sprite Scale X/Y"（精灵粒子缩放 X/Y）：控制粒子在 X/Y 轴上的缩放。
- "Sprite Twist"（精灵粒子旋转）：控制粒子在 Z 轴上的旋转角度。

7）"Streak"（条纹）：参数与 "MultiStreak" 相同，但它是单粒子，不是粒子组。

8）"Blobby Surface（s/w）"（融合表面）：粒子显示为可融合的圆球，可以用来模拟液态的表面，这种粒子需要使用软件渲染。为该种类型粒子赋予材质使用材质球，如 "blinn"、 "lambert" 等。

- "Radius"：设置所有粒子的半径，如果要设置每个粒子的不同半径，需要为粒子添加 "RadiusPP" 属性。
- "Threshold"（阈值）：控制粒子间表面融合的程度，数值为 0 时粒子不融合，数值越大，粒子融合越强。

在场景中创建一个粒子发射器，使其发射 "Blobby Surface（s/w）" 粒子，调整 "Threshold" 数值，观察最终渲染结果，如图 1-44 所示，"Threshold" 数值过大，最后渲染的结果粒子会变得非常小。

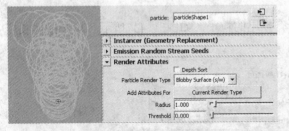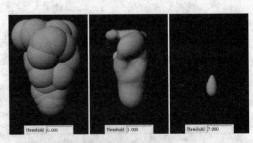

图 1-44　设置融合表面粒子属性

9）"Cloud（s/w）"（云）：粒子渲染结果显示为模糊云朵状的物体。为该类粒子赋予 "Particle Cloud" 材质。

- "Better Illumination"（优化照明）：可以为粒子提供更加柔和的照明和阴影效果，渲染时间也随之增加。
- "Surface Shading"（表面明暗）：设置粒子表面阴影强度，云团的清晰程度，取值范围为 0～1，数值越大越清晰。
- "Threshold"（阈值）：控制粒子间融合的程度。调节该参数也会对粒子 "Surface Shading" 效果产生影响，如图 1-45 所示。

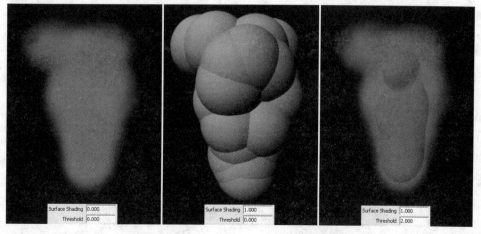

图 1-45　调节"Cloud（s/w）"粒子相关参数的渲染结果

10）"Tube（s/w）"（管状）：粒子显示为管状，根据运动速度不同，长度会产生变化。为该类粒子赋予"Particle Cloud"材质。

- "Radius 0"：单个管状粒子的起点半径。
- "Radius 1"：单个管状粒子的终点半径。
- "Tail Size"（尾迹尺寸）：该数值定义的是"Tube"的长度比例，将此数值与粒子的速度相乘得到"Tube"的长度，粒子的运动速度越快，Tube 越长，如图 1-46 所示。相同粒子设置下，不同的发射速度导致管的长度不同。

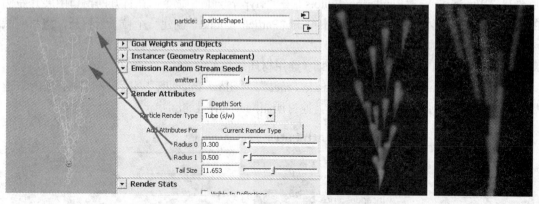

图 1-46　发射速度对"Tube（s/w）"粒子的形态影响

5．"Per Particle（Array）Attributes"（每粒子（阵列）属性）和"Add Dynamic Attributes"（增加动力学属性）

在这里可以为粒子增加属性或对粒子属性进行更精确地控制，单击"Add Dynamic Attributes"卷展栏的"Opacity"或"Color"按钮，可以为粒子增加整体控制属性"Add Per Object Attribute"或为每个粒子增加控制属性"Add Per particle Attribute"。使用"Add Per Object Attribute"增加的属性出现在"Render Attributes"卷展栏，对粒子进行整体控制；使用"Add Per particle Attribute"增加的属性出现在"Per Particle（Array）Attributes"卷展栏，使用表达式或"Ramp"对粒子进行精细的控制，如图 1-47 所示。

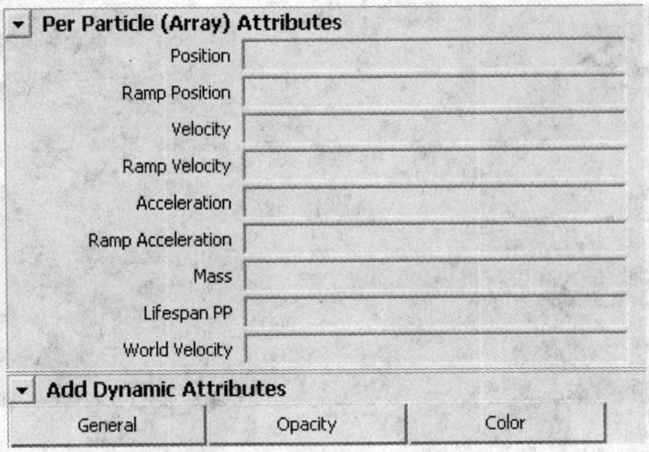

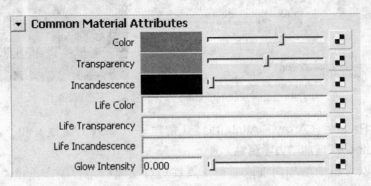

图 1-47　每粒子控制属性及增加粒子属性

1.1.6　粒子云材质属性

上面介绍的是有关渲染粒子的属性，当使用"Blobby Surface（s/w）"、"Cloud（s/w）"和"Tube（s/w）"这 3 种渲染类型粒子时，使用软件渲染才能看到结果。而"Cloud（s/w）"、"Tube（s/w）"必须使用"Particle Cloud"（粒子云）材质。

"Particle Cloud"是一种专门为粒子系统定制的体积材质，可以根据粒子特殊属性变化。在场景中创建一个粒子发射器，将粒子渲染类型修改为"Cloud（s/w）"或"Tube（s/w）"，然后执行"Window"→"Rendering Editors"→"Hypershade"命令，在打开的窗口中展开左侧的"Volumetric"（体积）卷展栏，从中单击"Particle Cloud"创建一个粒子云材质，将材质赋予粒子。双击该材质打开属性。

1."Common Material Attributes"（通用材质属性）

"Color"、"Transparency"、"Incandescence"、"Glow Intensity"分别控制粒子颜色、透明、自发光、辉光强度这些属性，与其他材质相同，如图 1-48 所示。

图 1-48　粒子云材质通用属性

1）"Life Color"（生命颜色）：粒子颜色按照所处生命周期的不同而变换。

2）"Life Transparency"（生命透明）：粒子透明度按照所处生命周期的不同而变换。

3）"Life Incandescence"（生命自发光）：粒子自发光按照所处生命周期的不同而变换。

"Color"与"Life Color"、"Transparency"与"Life Transparency"、"Incandescence"与"Life Incandescence"是相互关联的，为其中一个属性设置连接，也会同时与另一属性建立连接，但它们之间也存在差异。

① 在场景中创建一个粒子发射器，设置粒子类型为"Cloud（s/w）"，为粒子设置生命，然后给它赋予"Particle Cloud"材质。

② 拖动一个"Ramp"到材质的"Color"属性并放开，渲染结果如图1-49（左）所示。

③ 删除"Ramp"，再次拖动一个"Ramp"到材质的"Life Color"属性并放开，渲染结果如图1-49（右）所示。

造成这两种不同渲染结果在于贴图连接到"Life Color"上时会自动创建一个"Particle Sampler"节点，如图1-50所示。没有这个控制节点时，贴图应用于每个粒子，使用这个节点，按粒子生命周期使用贴图。

提示： 可以先连接贴图到粒子云材质的"Color"属性，然后在"Hypershade"窗口左侧展开"Particle Utilities"卷展栏创建一个"Particle Sampler"节点并输出"outUVCoord"到贴图"Place2dTexture"节点的"UVCoord"。

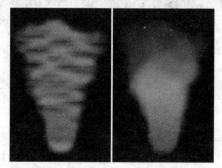

图1-49 "Particle Sampler"对粒子渲染结果的影响

图1-50 "Particle Sampler"节点

2. Transparency

此卷展栏属性定义体积内部透明和密度的变化，如图1-51所示。

1）"Density"（密度）：控制粒子云密度，该值越低越能看到粒子后面的景物，和透明度效果相似。

2）"Blob Map"（斑点贴图）：比较常用的方式是将3D纹理连接到这个属性，使粒子能够更具有空间感，丰富粒子效果的细节。

3）"Roundness"（完整）：数值越大，粒子效果越平滑，如图1-52所示。

4）"Translucence"（半透光）：与普通材质效果类似，可以让材质传导和散射光线。

3. "Built-in Noise"（内置噪波）

为粒子加入噪波获得更多的渲染细节，如图1-53所示。

1）"Noise"：控制粒子噪波的尺寸。

2）"Noise Freq"（噪波频率）：数值越大，渲染后粒子点越小，呈现一种颗粒状，如图1-54所示。

3）"Noise Aspect"（噪波分布）：该数值为正数时，噪波沿垂直粒子路径行进；为负数时，噪波沿粒子路径方向行进。

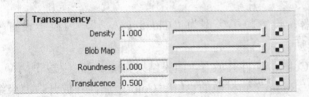

图 1-51　粒子透明属性

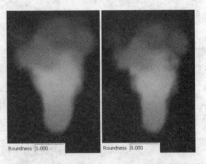

图 1-52　Roundness 对粒子效果的影响

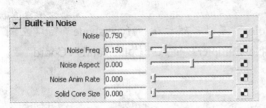

图 1-53　内置噪波

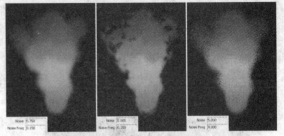

图 1-54　噪波与噪波频率对粒子的影响

4）"Noise Anim Rate"（噪波动画系数）：为噪波指定变化速率。

5）"Solid Core Size"（核心体积尺寸）：设定粒子核心区域内粒子不透明范围所占大小，如图 1-55 所示。

4．"Surface Shading Properties"（表面明暗道具）

设置粒子渲染效果，当 Diffuse Coeff 数值为非 0 时，可以激活下面选项，如图 1-56 所示。

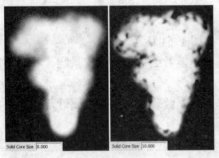

图 1-55　核心体积尺寸

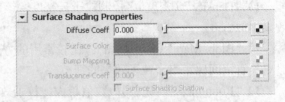

图 1-56　粒子表面明暗道具

1）"Diffuse Coeff"（漫反射系数）：粒子反射灯光的强度，数值较大时，反射光的能力强，粒子表现得很有体积感，数值小反射光的能力差，粒子体积感弱，如图 1-57 所示。

2）"Surface Color"（表面颜色）：指定粒子云表面颜色（与粒子云内部不同），为粒子云 Color 和 Surface Color 指定不同的颜色，然后修改粒子发射器"Rate（Particles/Sec）"为较小的数值。播放动画，观察颜色作用范围，如图 1-58 所示。

3）"Bump Mapping"（凹凸贴图）：增加粒子表面粗糙凹凸效果。

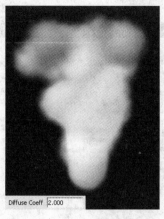

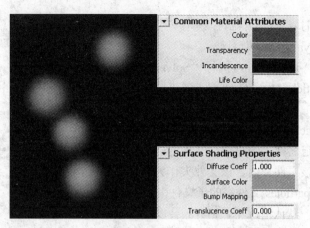

图 1-57 粒子表面漫反射效果　　　　图 1-58 粒子云表面颜色与粒子云颜色作用于粒子

4）"Translucence Coedd"（半透光系数）：数值越大，使光透过和散射的能力越强。

5）"Surface Shading Shadow"（表面阴影）：决定是否将粒子表面的明暗变化与预照明效果合成。

4. "Pre-illumination Controls"（预照明控制）

"Filter Radius"（过滤半径）：对有体积效果的粒子应用预照明，会按照粒子的中心位置计算，这将有可能导致粒子在照明效果中明暗变化过快，出现闪烁等情况。"Filter Radius"控制以每个粒子的中心计算的照明模糊半径，为整体照明提供平滑照明效果，如图 1-59 所示。

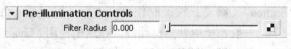

图 1-59 预照明控制

1.1.7 粒子解算

1. 设定初始状态

当一段粒子动画完成，很多时候是只需要看到粒子开始按照设定状态进行动画即可，而不需要看到从发射器中开始发射的画面。比如说制作一个镜头，画面开始时里面的火把都在燃烧，这就需要设定初始状态。

在场景中创建一个粒子发射器，发射一段时间后，选择粒子，执行"Solvers"（解算）→"Initial State"（初始设定）→"Set for Selected"（使用已选择设置）或"Set for All Dynamic"（为所有动力学设置）命令，完成后将时间线拖到开始位置，当前的粒子情形就是之前设定的状态。

2. 粒子缓存

粒子运动是基于动力学模拟的，所以使用粒子发射器发射粒子如果向后拖动时间线，粒子会正常播放，如果向前拖动，粒子运动就会不正常。

粒子缓存可以提高场景的播放速度（当然也可以隐藏粒子）方便其他工作的进行，还可以提高渲染效率，为粒子制作缓存后，Maya 渲染时无需重新计算动力学，当粒子计算量很大时，如果不制作缓存，甚至可能导致 Maya 无法渲染。

选择粒子，执行"Solvers"→"Create Particle Disk Cache"（创建粒子磁盘缓存）的 ❑，打开设置窗口，如图 1-60 所示。在"Cache directory"（缓存目录）文本框中可设定名称，磁盘缓存文件创建完成后会保存在该文件夹内，该文件夹作为当前项目文档的 particles 文件夹的子文件夹。

默认情况下，Maya 会以当前设定的开始和结束帧的时间范围创建，若选择"Use render settings range"（使用渲染设置范围）复选框，则会以渲染设置的时间范围创建。

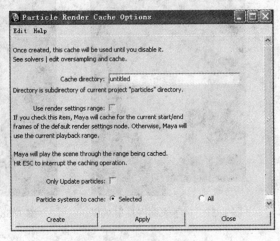

图 1-60　设置粒子缓存

在执行缓存过程中若需要放弃，按【Esc】键。

要使缓存失效，执行"Solvers"→"Memory Caching"（内存缓存）→"Disable"（失效）命令；需要再次启用，执行"Enable"项；删除缓存执行"Delete"项。但测试发现这些令缓存失效的方法不是很有效，最直接的办法就是在操作系统中找到缓存文件手动删除。

1.2　实例制作——星光文字

使用 Maya 的"Sprites"（精灵）粒子制作星光文字。精灵粒子在之前进行过简要的介绍，使用这种类型的粒子，一般都会用到素材图片，在这里使用 Maya 灯光的特效制作素材。

1）在场景中创建一个点光源，按【Ctrl+A】组合键打开属性，在"Light Effects"卷展栏中单击"Light Glow"属性右侧的棋盘格按钮，为灯光创建光学特效，如图 1-61 所示，单击❒设置渲染图像为正方形，如图 1-62 所示。

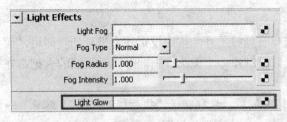

图 1-61　为灯光添加光学特效

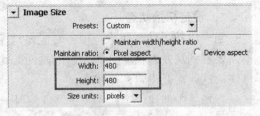

图 1-62　设置渲染尺寸

2）在任意正交视图中选择"View"→"Camera Settings"→"Resolution Gate"命令，会在视图中出现一个绿色框，只有在框范围内才会被渲染。调整点光源处于绿色框中心位置，这样渲染后的灯光特效中心会和图像中心重合。使用 IPR 进行渲染测试，将时间滑块调到第一帧调整光学特效的参数，满意后为属性设置关键帧，将时间滑块调至下一关键帧，再次修改光学特效的参数并记录关键帧，重复操作直到有 5～7 个满意的光学特效，如图 1-63 所示。

3）单击❒按钮，在"Maya Software"选项卡下设置"Quality"（质量）为"Production

quality"（产品质量）在"Common"选项卡下设置参数如图 1-64 所示（根据实际情况在"Start Frame"和"End Frame"文本框中分别输入起始和结束关键帧数字）。完成后按【F6】键，进入"Rendering"模块，执行"Render"→"Batch Render"命令，渲染完成的图像会存储在当前项目文件夹的"images"文件夹下。在光盘中也提供了素材，可以跳过这步直接使用"Text\sourceimages"下的图片。

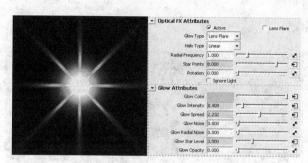

图 1-63　为灯光添加光学特效并设置动画

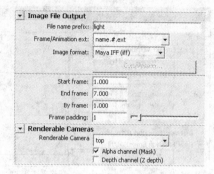

图 1-64　设置渲染参数

4）完成以上步骤后删除灯光或重建场景，执行"Create"→"CV Curve Tool"命令，在场景中创建一条文字或图形曲线，如图 1-65 所示。

5）执行"Window"→"Rendering Editors"→"HyperShade"命令，在打开的窗口中创建一个"Lambert"材质和一个"File"节点，并将"File"节点链接到"Lambert"材质的"Color"属性。选择"File"节点，按【Ctrl＋A】组合键，打开属性，单击"Image Name"右侧的 按钮，导入之前渲染的图片。选择"Use Image Sequence"（使用图像序列）和"Use Interactive Sequence Caching"复选框，然后修改"Sequence End"数值为7，如图 1-66 所示。

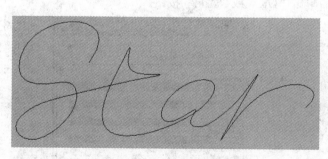

图 1-65　设置路径曲线

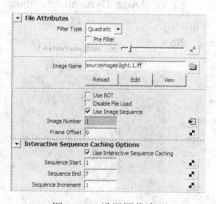

图 1-66　设置图像序列

6）按【F5】键进入"Dynamics"模块，执行"Particles"→"Create Emitter"的 ，按照图 1-67 进行设置。

按【F2】键进入"Animation"模块，选中粒子发射器和曲线，执行"Animate"→"Motion Paths"→"Attach to Motion Path"命令，选择粒子按【Ctrl＋A】组合键打开属性，设置"Lifespan Mode"为"Live Forever"，在"Render Attributes"卷展栏中修改"Particle

Render Type"为"Sprites"类型，播放动画并调整时间范围（需要根据曲线的复杂程度决定时间长短，这里是 1～270 帧），结果如图 1-68 所示。

提示：如果想颠倒发射器运行方向，按【F4】键进入"Surfaces"模块，选择曲线，执行 "Edit Curves" → "Reverse Curve Direction" 命令即可。

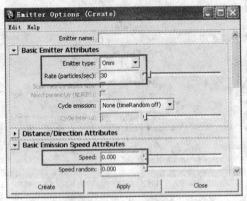

图 1-67　设置粒子发射器

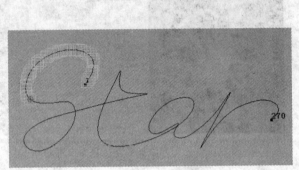

图 1-68　粒子沿路径产生

7）选择粒子将之前制作的材质赋予粒子，在相应的视图中按【6】键显示纹理，当前的纹理显得比较灰暗。打开粒子属性，在"ParticleShape"选项卡下的"Add Dynamic Attributes"属性中单击"Color"按钮，在弹出的窗口中选择"Add Per Object Attribute"复选框，为粒子添加属性。在"Render Attributes"卷展栏中单击"Current Render Type"按钮，将"Color Red/Green/Blue"数值设定为 1，现在粒子上的纹理显得比较明亮了，图 1-69 是添加属性前后的粒子效果对比。

8）在"Add Dynamic Attributes"属性中单击"General"按钮，在弹出的对话框中选择"Particle"选项卡，选择"SpriteMumPP"、"SpriteScaleXPP"、"SpriteScaleYPP"和"Sprite TwistPP"选项，如图 1-70 所示。然后单击"OK"或"Add"按钮。

图 1-69　粒子效果对比

图 1-70　为粒子添加属性

9）在新增加的属性上右击，在弹出的快捷菜单中选择"Creation Expression"选项在打开的窗口中输入以下表达式，如图 1-71 所示。

particleShape1.spriteNumPP=rand(1,7)　（粒子随机使用 7 张图片中的某一张）

particleShape1.spriteScaleXPP=particleShape1.spriteScaleYPP=rand(0.5,1.5)（控制粒子的随机缩放数值在 0.5～1.5 之间，ScaleXPP=ScaleYPP 使每个粒子等比缩放）

particleShape1.spriteTwistPP=rand(0,360)（粒子随机在 0°～360°之间旋转）

再次播放动画并调整动画时间范围等，确认后在粒子发射器运行到最后一帧时，为"Rate（Particle/Sec）"打一个关键帧，在下一帧将其设置为 0 再打一个关键帧使粒子停止发射，如图 1-72 所示。

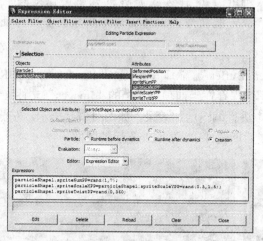

图 1-71　为粒子输入表达式

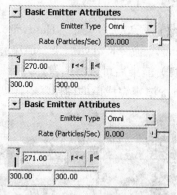

图 1-72　为发射器设置动画

10）Sprites 粒子属于硬件粒子，需要使用硬件渲染。Maya 的硬件渲染是一种类似于屏幕截图的方式，所以在渲染过程中尽量不要进行其他操作，以防止意外的发生。一般来说硬件渲染后都要结合后期软件来达到更好的效果。

执行"Window"→"Rendering Editors"→"Hardware Render Buffer"（硬件渲染器）命令，打开渲染窗口，在"Cameras"菜单下选择需要渲染的视图。

执行"Render"→"Attributes"命令打开渲染设置窗口，如图 1-73 所示。

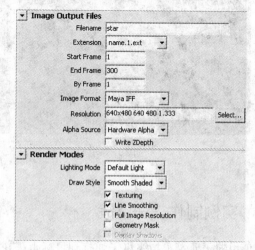

图 1-73　硬件渲染窗口及属性设置

在"Render mode"（渲染模式）下可以选择使用"Default Light"（默认灯光）、"All Lights"（所有灯光）或"Selected Lights"（选择灯光）选项。

在"Image Output Files"（图像输出文件）下可以设置渲染文件格式、尺寸和名称等，在"Alpha Source"（透明通道来源）里可以设置以何种方式获取透明通道。

提示：在"Extension"中设置文件序列扩展名时最好将 ext（扩展名）排在最后，这样渲染出的图像如：***.001.TIFF（或 JPG）这种方式能够被大多图像处理软件识别，如果将 ext 置于中间或不设置 ext，很可能使渲染出的图像无法被大多图像处理软件识别。

设置完成后，在"Hardware Render Buffer"窗口中执行"Render"→"Render Sequence"命令，开始渲染，渲染完成的图像保存在当前项目文档的"Images"文件夹下。

11）渲染后可以将图像导入后期软件中进行编辑增加效果。如图 1-74 所示，左侧两张为 Maya 渲染完成后的图像，右侧两张为在后期软件中添加 Glow 后的图像。

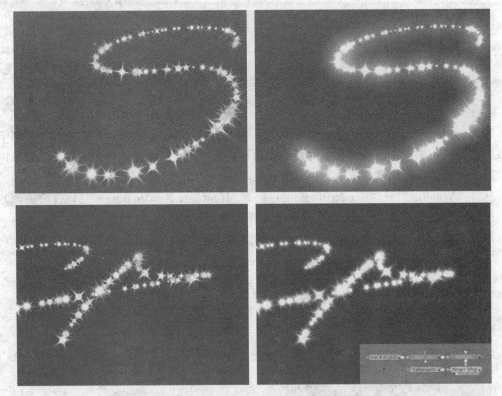

图 1-74　对渲染后的图像应用后期软件进行处理

1.3　实例制作——空战

使用粒子碰撞模拟飞机子弹打到目标上火花飞溅的效果，主要使用粒子碰撞事件。

1）在"01-Particles-Field\battleplan"文件夹中打开"Fight.mb"文件，里面是预先做好

的两架战斗机。执行"Create"→"CV Curve Tool"命令，在场景中绘制两条曲线作为飞机的飞行路径，如图1-75所示。

2）在场景中创建粒子发射器，将"Emitter Type"设定"Directional"方向为Z轴，设置"Spread"数值为0，使粒子沿一条直线发射，调整粒子发射器的位置到浅色飞机的机炮位置，它所发射的粒子被用于模拟子弹。选择粒子发射器再加选飞机，使其作为飞机的子物体，如图1-76所示。

图1-75　为飞机创建路径　　　　　　　图1-76　创建并调整粒子发射器位置

3）调整时间范围。按【F2】键，进入Animation模块，选择浅色飞机的父物体曲线A和位置靠后的曲线，执行"Animate"→"Motion Paths"→"Attach to Motion Path"的□，设定"Front axis"轴向为Z。选择深色飞机的父物体曲线B和位置靠前的曲线，执行相同的操作，使两架飞机沿各自的路径飞行。

4）在"emitter1"选项卡下设置"Rate（Particles/Sec）"为20，"Speed"为150，在"ParticleShape1"选项卡下设置"Inherit Factor"为1，"Particle Render Type"为"Streak"。这里设置的数字需要根据实际情况做出变动，并不是固定的数值，如图1-77所示。

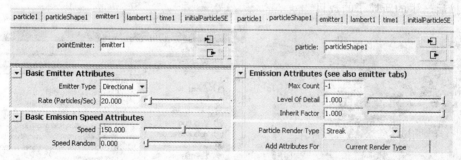

图1-77　设置粒子发射器及粒子形节点属性

5）修改粒子"Lifespan Mode"为"Constant"，并设定"Lifespan"为3，如图1-78所示。

在"Add Dynamic Attributes"卷展栏下单击"Color"按钮，弹出"Particle Color"窗口，选择"Add Per particle Attribute"，单击"Add Attribute"按钮后，在"Per Particle（Array）Attributes"卷展栏下增加了RGB PP选项，如图1-79所示。在"RGB PP"选项上右击，在弹出的快捷菜单中选择"Create Ramp"命令，完成后会在该栏出现"<-array Mapper1.outColorPP"字样，在该字样上右击，在弹出的快捷菜单中选择"Edit Ramp"命令，修改"Ramp"颜色，如图1-80所示，它表示粒子从出生到死亡所经历的颜色变化。

6）按【F5】键进入"Dynamics"模块，选择粒子，然后加选深色飞机的主体部分模型，执行"Particles"→"Make Collide"命令再次播放动画，当粒子打到物体时发生碰撞而不会穿越物体。这时可能需要再次调整飞机的路径曲线使子弹能够打到另一架飞机上，如图 1-81 所示。执行"Window"→"Relationship Editors"→"Dynamic Relationships"命令，检查与粒子发生碰撞的飞机模型部分。

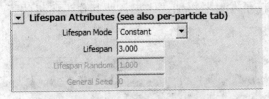

图 1-78　设定粒子生命属性

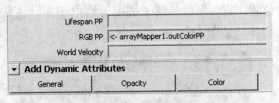

图 1-79　为粒子增加属性

提示：不能选择粒子，然后加选深色飞机的父物体曲线，或者选择粒子，然后选择深色飞机所有模型制作粒子碰撞。

7）选择粒子执行"Particles"→"Particle Collision Event Editor"（粒子碰撞事件编辑器）命令，可以图 1-82 中设置的数值进行参考。

选择"Original particle dies"复选框，模拟子弹的粒子与物体碰撞时会消失。选择"Emit"复选框，粒子碰撞后会产生新的粒子，模拟金属间撞击产生的火花。"Num Particles"表示碰撞后产生的新粒子的数目。

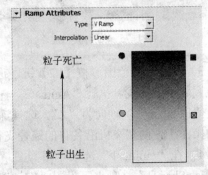

图 1-80　粒子出生到死亡所经历的颜色变化

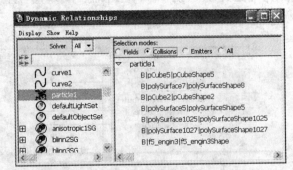

图 1-81　使粒子与飞机碰撞

"Inherit velocity"（继承速度）表示碰撞后新粒子继承原始粒子速度的百分比。

8）选择通过粒子事件所产生的新粒子，按【Ctrl + A】组合键打开属性，选择"particleShape"选项卡，在"Lifespan Attributes"卷展栏内修改粒子生命属性，在"Render Attributes"卷展栏中设置粒子渲染类型为"Streak"，如图 1-83（上）所示。

参考步骤 5）为新创建的粒子增加颜色"RGB PP"属性，修改"Ramp"纹理，如图 1-83（下）所示。

9）使用软件渲染飞机，使用硬件渲染粒子，合成后的效果如图 1-84 所示。

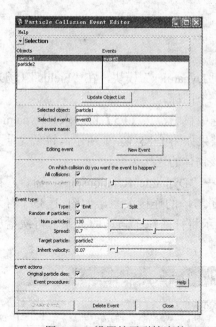

图 1-82 设置粒子碰撞事件

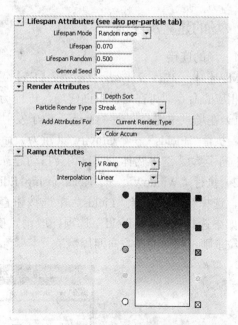

图 1-83 设置粒子生命渲染属性及粒子颜色

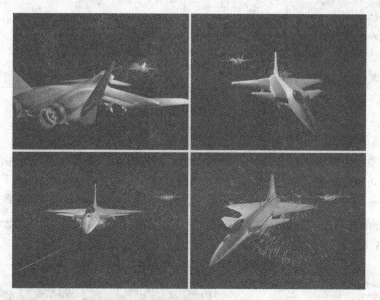

图 1-84 使用软件渲染与硬件渲染结合

1.4 场

场的作用就是在软件内模拟各种力的作用，使场所作用的物体做出符合物理世界的各种运动，比如物体受到重力的作用下落，同时受到风的作用偏移等。在 Maya 中，同一物体也可受到多个场共同作用的影响。粒子数目众多，使用关键帧动画无法控制，所以需要使用场或表达式等对其进行控制。

1.4.1 场的建立及连接

1. 场的连接

Maya 中一共有 9 种动力场，按【F5】键进入"Dynamics"模块，在"Fields"（场）下选择相应的命令即可在场景中创建场，每种场对应一个图标。

1）在场景中建立一个"Omni"粒子发射器，选中粒子，按【F5】键进入"Dynamics"模块，执行"Fields"→"Gravity"（重力）命令，结果如图 1-85（左）所示，粒子受重力的影响向下运动。选中物体后创建场会自动建立场与该物体的连接关系。

2）执行"Window"→"Relationship Editors"→"Dynamic Relationships"命令，打开窗口，选择粒子后选择"Fields"单选按钮查看粒子与场的连接关系，如图 1-85（右）所示。如果选择"gravityField"选项，取消黄底色显示将打断粒子与场的关系，再次播放动画，粒子则不受场的影响向四周飘散。

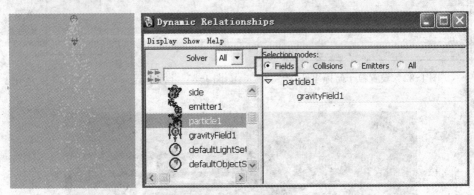

图 1-85　为粒子添加重力场

2. 物体场的建立

在 Maya 中还可以将物体作为场，如 NURBS 物体的"CV"点、多边形物体的顶点、粒子和晶格等都可以作为场。

1）在场景中创建一个 2D 粒子阵列，可以参考图 1-86（左）。执行"Create"→"NURBS Primitives"→"Circle"命令，在场景中建立一个圆环，然后再建立一个"Gravity"场，如图 1-86（右）所示。

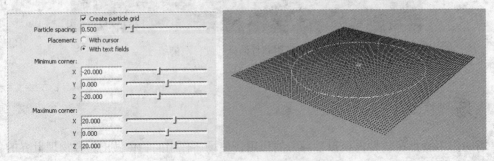

图 1-86　创建二维粒子阵列、圆环及场

2）选择 Gravity 场和圆环，执行"Fields"→"Use Selected as Source of Field"（使用选

择物体作为场源）命令，场会移动到圆环的中心位置。选择粒子和"Gravity"场，执行"Fields"→"Affect Selected Object（s）"（影响选择的物体）命令。

3）选择场按【Ctrl + A】组合键打开属性，在"Special Effects"（特技）卷展栏中选择"Apply Per Vertex"（应用到每个顶点）复选框，在"Distance"卷展栏中选择"Use Max Distance"（使用最大距离）复选框，并设置"Max Distance"数值为 4，如图 1-87（左）所示，播放动画，圆环上每个"CV"点作为场，周围 4 个单位内的粒子受重力场影响向下运动，如图 1-87（右）所示。

图 1-87　使"CV"点具有场的作用力

4）如果创建完粒子阵列后，选择粒子然后创建场使它们建立连接关系，再创建圆环，执行"Fields"→"Use Selected as Source of Field"命令，也可以实现相同的效果。"Special Effects"选项仅用于物体场。

5）创建粒子阵列后，取消粒子选择后再创建场，然后选择场和粒子，执行"Fields"→"Affect Selected Object（s）"命令，也可以使场影响物体。

3．体积场的建立

在 Maya 中还可以将场的力具象化到一个界限分明的范围内，在该范围内场对被影响物体施加力，超出了范围被影响物体不受场的作用。

在场景中创建一个"Omni"粒子发射器，选择粒子，执行"Fields"→"Gravity"（重力）的 ，设置"Volume shape"为"Cube"，创建重力场，移动场使一部分粒子在其范围内，播放动画如图 1-88 所示，体积场仅对范围内粒子施加重力场效果。

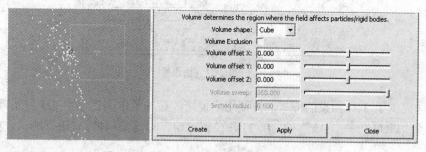

图 1-88　体积场仅对范围内被影响物体有效

① "Volume shape"（体积形状）：设置体积场的形状，有 Cube、Sphere、Cylinder、Cone 和 Torus 5 种形状，选择"None"选项，表示不使用体积场。

② "Volume Exclusion"（体积排除）：取消选择此复选框，则体积场对体积内的被影响物体有效，选择此复选框，体积场对体积外的被影响物体有效，对体积内的被影响物体无

效，如图 1-89 所示。

③ "Volume offset X/Y/X"（体积偏移 X/Y/Z）：定义
在 X/Y/Z 轴上体积场偏移场图标的距离。

④ "Volume sweep"（体积去除）：当使用除 "Cube"
（立方体）以外的体积时，该选项定义体积旋转角度。

⑤ "Volume radius"（体积半径）：当使用 "Torus"
（圆环）体积时，该选项定义圆环的半径。

图 1-89　应用了体积排除的体积场

1.4.2　场的属性

1. "Air"（空气场）

空气场用来模拟气流等效果，Maya 的 9 种场中有一些参数作用是基本相同的，如图 1-90
所示。前面已经介绍过了，在此就不再重复了。

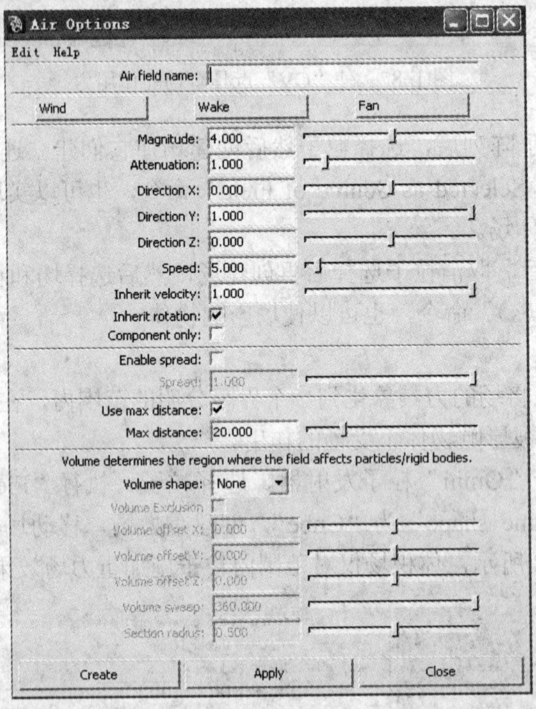

图 1-90　空气场设置

空气场提供了 3 种预设的方式，方便用户使用。在场景中创建一个 2D 粒子阵列，选择
粒子，执行 "Fields" → "Air" 的 □，打开设置窗口，对这 3 种方式进行测试，如图 1-91
所示。

"Wind"（风）：模拟风吹的效果，默认设置有最大距离限制。

"Wake"（尾迹）：模拟空气被运行的物体扰乱向前拖动的效果，如在一片漂浮的灰尘中
突然驶过一辆汽车，灰尘被带动向前的效果，选择这种方式，必须为空气场设置位移动画，
否则播放动画没有任何效果。

"Fan"（风扇）：模拟风扇的效果，如播放时没有效果，尝试改变场作用力方向。

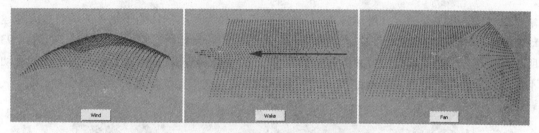

图 1-91　3 种不同的空气场效果

1)"Magnitude"（量级）：该参数决定各个场作用于物体的强度，数值越大，场作用越强。该参数在其他场中也会出现。数值可以使用负数，例如对重力场使用负值，将对物体施加向上的推力而不是向下的引力。

2)"Attenuation"（衰减）：现实中力会随着距离增大而逐渐变弱，该参数决定当场与作用物体之间距离不断增加，场强度逐渐变弱的速度。值越大，力衰减越快；值越小，力衰减越慢，值为 0 时，力强度恒定。该参数在其他场中作用相同。

在 Maya 中可以很直观地看到力作用的方式，在场景中创建一个方向粒子型发射器，然后创建一个"Air"场，调整它与粒子发射器的距离。选择"Air"场，按【T】键使用操纵器，选择并拖动图 1-92（上）中上方箭头所示的"Attenuation"控制点，调整衰减曲线形态，播放动画观察粒子的运动，如图 1-92（下）所示。单击图 1-92（上）中下方箭头所示的循环标志，可以对"Air"场中的其他一些参数进行直观控制。

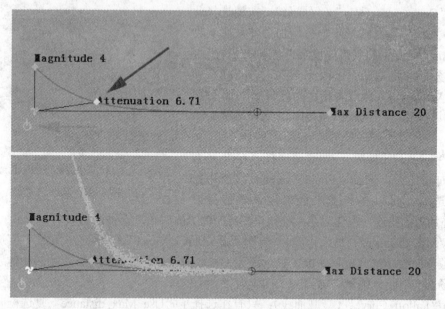

图 1-92　直观地控制 Air 场的一些参数

3)"Direction X/Y/Z"（距离 X/Y/Z）：设定场作用力的方向。

4)"Speed"（速度）：在现实中风的速度越快，风的强度也就越高。所以设置"Magnitude"也就决定了风的移动速度。这个参数在这里是控制物体与空气场速度相匹配的快慢，其数值为 0 时，物体不运动，不与场的速度匹配；数值为 1 时，物体与场的速度迅速匹配。

5）"Inherit Velocity"（继承速度）：当"Air"场作为运动物体的子物体或场自身就是运动情况下。"Inherit Velocity"决定"Air"场的运动对"Air"场所影响物体的程度，如图1-93所示。场对粒子产生向上的力并由右至左运动，当"Inherit Velocity"参数为0时，场的运动不影响粒子的运动，当"Inherit Velocity"参数为1时，场的运动导致粒子的偏移。

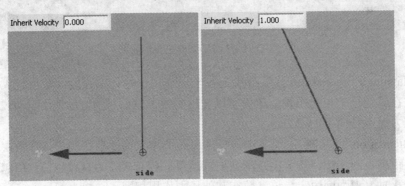

图1-93　场继承速度

6）"Inherit Rotation"（继承旋转）：当"Air"场作为旋转物体的子物体或场自身就在旋转，选择此复选框能够影响"Air"场所产生的气流运动。需要注意的是图1-94中"Air"场是沿Y轴旋转，也就是类似电风扇摆动的情况，粒子受气流影响产生了偏移，但是如果设置"Air"场沿X轴旋转，无法产生螺旋状气流。若要产生螺旋状气流需要使用"Vortex"场。

7）"Component Only"（仅成分）：取消选择此复选框，"Air"场对被影响物体施加力使被影响物体与"Air"场产生的气流速度相匹配。开启此项，"Air"场的力将用于"Direction"、"Speed"和"Inherit Velocity"属性联合指定的方向，在3种预设模式中只有按下"Wake"按钮时，该选项才会被激活。

8）"Spread"（扩散）：如取消选择"Air"场会向全方向施加力，选择"Enable spread"（启用扩散）复选框，可以在该文本框中输入数值控制

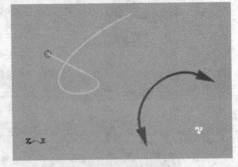

图1-94　场继承速度

"Air"施加力的角度，在使用在3种预设模式中的Fan时该项会被激活。

9）"Max distance"（最大距离）：选择"Use Max distance"（使用最大距离）复选框，可以输入数值控制Air场能够影响的最远距离。若取消选择，无论场与被影响的物体之间距离多大，场都会对物体施加影响。

10）"Falloff Curve"（衰减曲线）：只有在选择了"Use Max distance"复选框时才可使用。单击右侧的">"按钮可以使用大界面进行编辑。

在场景中创建一个"Omni"粒子发射器，选择粒子，执行"Fields"→"Air"的□，打开设置窗口，选择"Wind"，创建"Air"场，然后将"Air"场与"Omni"粒子发射器在空间中重合。选择场并打开属性，在"Falloff Curve"卷展栏中调整曲线形状，观察场对粒子的影响，如图1-95所示。

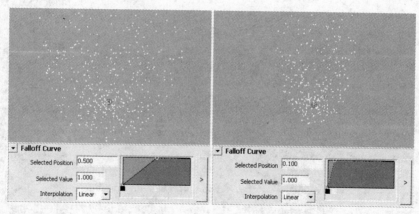

图 1-95　调整场的衰减曲线

- "Selected Position"（选择点位置）：在曲线上单击可创建新的点，单击与该点垂直的"×"可删除该点，该点的水平位置决定其在衰减曲线上的位置。
- "Selected Value"（选择点数值）：选择点的垂直位置决定衰减的强度。数值为 0 时，粒子不受场控制；数值为 1 时，粒子受场控制最大。
- "Interpolation"（过渡）：设置点与点之间过渡的方式。

11）"Special Effects"（特技）和"Apply Per Vertex"（应用到每个顶点）：应用于物体场，在前面已经介绍过。

2."Drag"（拖动）

拖动场，可以模拟物体受到阻力或摩擦力影响的效果。

在场景中建立一个沿 X 轴发射的方向粒子发射器，设置"Spread"为 0.1，"Speed"为 3，选择粒子，执行"Fields"→"Drag"命令，由于默认的"Magnitude"数值较小，为了使效果明显，适当提高该数值。

1）"Use Direction"：该参数默认是取消选择的，"Drag"场仍会对影响物体施加阻力。

如果选择该复选框，并设置方向与物体运动方向一致的力（这里使用 X 轴），"Drag"场将对影响物体施加最大的力。

如果设置的方向与物体运动方向垂直（这里使用 Z 轴或 Y 轴均可），"Drag"场将对影响物体没有作用力。

如果设置的方向与物体运动方向相反，"Drag"场不但不会对影响物体产生阻力，反而会对其加速。

图 1-96 列出了以上几种情况。

2）"Speed Attenuation"（速度衰减）：该参数不出现在创建场窗口，创建完场后按【Ctrl+A】组合键，可以在"Drag Field Attributes"卷展栏中找到。该属性的作用是当影响物体运动速度小于"Speed Attenuation"设定的数值时，"Drag"场会对影响物体产生较小的作用力；当影响物体运动速度大于"Speed Attenuation"设定的数值时，"Drag"场会对影响物体产生较大的作用力。如图 1-97 所示，粒子的"Speed"为 3，为"Speed Attenuation"分别设置 1 和 10 两个数值，场对粒子施加的力是不同的。

3）"Motion Attenuation"（运动衰减）：当"Inherit Velocity"为非 0 时，该选项被激活。

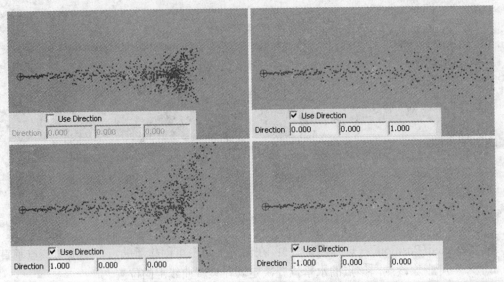

图1-96 为拖动场设置方向

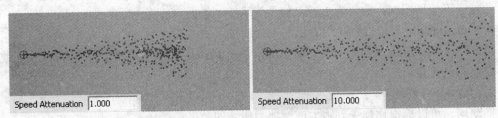

图1-97 速度衰减数值高于或低于物体运动速度，其作用力强弱不同

当"Drag"场是运动的，"Inherit Velocity"数值越高，场对于影响物体的力越大，可以形成推力产生类似于"Air"场的作用。"Motion Attenuation"参数控制当"Drag"场运动速度降低时，对影响物体施加的力变弱的程度，如图1-98所示，该值越大，衰减越快。

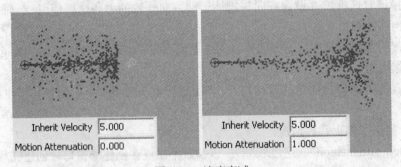

图1-98 速度衰减

3．"Gravity"（重力）

主要用于模拟地球重力对物体的引力，它的作用是向一个固定方向施加恒定的力。默认情况下其"Distance"卷展栏中的"Use Max Distance"复选框处于禁用状态，当然也可以打开实现现实世界中没有的情况。

重力场不仅是产生一个向下的力，还可以为力设置不同的方向，也可取负值，例如使用粒子和重力场模拟火焰时，重力场可用来对粒子施加向上的力。

Maya 的重力场对物体的作用也遵循自由落体定律，如图 1-99（左）所示，重力场作用于两个不同质量的刚体，播放一段时间动画，它们的位移距离是相同的。把重力场换为空气场，对相同的刚体施加力，播放一段时间动画，质量较小的刚体位移距离较大，如图 1-99（右）所示。

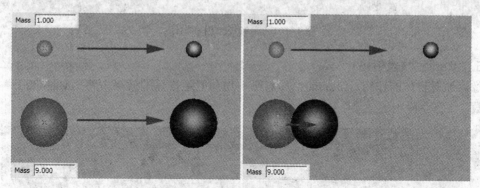

图 1-99　重力场与空气场对比

4. "Newton"（牛顿）

英国科学家牛顿发现了万有引力，他认为任何物体之间存在相互吸引力，其大小和它们的质量的乘积成正比，和它们距离的平方成反比，该场就是模拟万有引力。可以使用该场模拟行星轨迹运行的效果。

在场景中创建两个球体，沿 Z 轴移动其中一个球体调整它们的距离，选择其中一个，执行 "Fields" → "Newton" 命令，移动 "Newton" 场到另一球体的中心位置，播放动画，球体向 "Newton" 场移动。选择球体，球体的位移属性以黄底色显示，现在的球体已经被 Maya 自动转化为刚体，无法使用之前关键帧的方法调整动画。

选择球体，按【Ctrl + A】组合键打开属性，选择 "rigidBody"（刚体）选项卡，在 "Initial Settings"（初始设置）卷展栏的 "Initial Velocity"（初始速度）的 X 轴位置输入 2，为刚体增加 X 轴方向的运动，如图 1-100 所示。

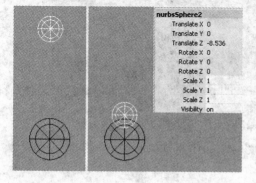

图 1-100　创建刚体及牛顿场

再次播放动画，被添加牛顿场的物体围绕另一球体（牛顿场所在位置）开始旋转，如图 1-101 所示。若希望球体加快运行速度，可适当增加 "Magnitude" 数值，或者在 "Initial

Settings"卷展栏中为 Z 轴施加力。

图 1-101　牛顿场作用于物体

5."Radial"（发射场）

像爆炸对物体的作用，"Radial"场对影响物体产生排斥的效果，将"Magnitude"设置为负数，会产生吸引的效果，如图 1-102 所示。

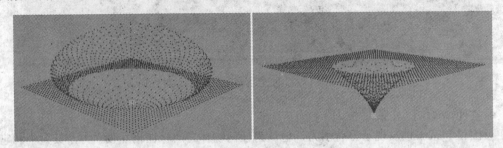

图 1-102　发射场作用于粒子网格

"Radial Type"（放射类型）：控制放射场的衰减方式，此数值为 1 时，Radial 场达到其最大作用距离，作用力迅速衰减为 0；此数值为 0 时，Radial 场达到其最大作用距离，作用力会接近 0（但不会达到 0）。在场景中创建一个平面的粒子整列，选择粒子，创建"Radial"场，移动场调整距离，使其仅能影响到一些粒子，分别设置"Radial Type"为 0 和 1，均播放到相同帧数对比效果，如图 1-103 所示。

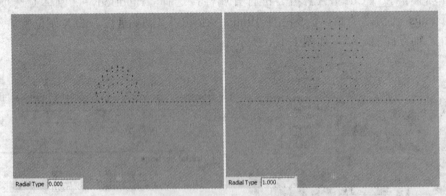

图 1-103　放射类型不同对影响物体的作用力不同

6."Turbulence"（震荡场）

使被影响的物体产生随机无规律的运动。图 1-104 所示为震荡场对柔体的效果。"Turbulence"场除了之前介绍的通用参数外，某些选项变化不是很明显。该场通常也被称为扰乱场。

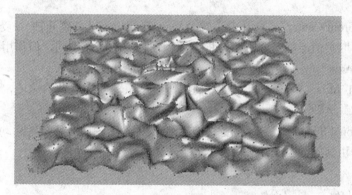

图 1-104　震荡场作用于柔体效果

1)"Frequency"（频率）：控制无规则运动的频率，数值越大，频率越高。

2)"PhaseX/Y/Z"（相位 X/Y/Z）：相位（phase）是对于一个波特定的时刻在它循环中的位置；是一种它在波峰、波谷或它们之间某点的标度，该选项控制中断的方向。

3)"Interpolation"（过渡类型）："Linear"（线性）过渡会在噪波的两个数值间产生显而易见的变化，"Quadratic"（平方）会产生比较平滑的效果，但花费时间略长。

4)"Noise Level"（噪波级别）：数值越大，噪波的变化越不规律。该属性由用户指定在噪波表中附加查找的次数，数值为 0 时仅进行一次查找，总的震荡值是所有查找结果平均值。

5)"Noise Ratio"（噪波比率）：指定连续查找的权重，该权重累积计算。例如，若设置该值为 0.5，则连续查找为 0.5、0.25 等，设置 "Noise Level" 值为 0 时，"Noise Ratio" 无效。

7. "Uniform"（统一场）

使被影响物体向一个方向匀速运动，它与 "Air" 场的区别就是："Air" 场使被影响物体速度不断增加，"Uniform" 场使被影响物体速度趋于一个定值，该场在 Maya 的 "Help" 文档内介绍较少。它的作用不是很大，大多情况下使用 "Air" 场就可以了。

8. "Vortex"（漩涡）

使被影响的物体做圆环抛射运动，如龙卷风、蓄满水后拔掉塞子的澡盆内水流的运动等都属于这种运动，如图 1-105 所示。

"AxisX/Y/Z"（轴 X/Y/Z）：以设定轴向对影响物体施加力。

在相应轴向或者为 "Magnitude" 设定负值不能使该场做吸引运动，只是改变漩涡的方向。

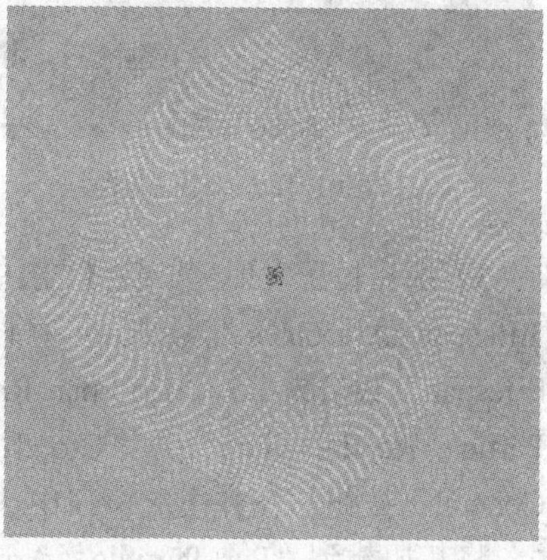

图 1-105　漩涡场对粒子施加圆环抛射力

9. "VolumeAxis"（体积轴）

使用体积轴场可以在体积内按不同的方向对物体施加力，物体的运动与体积轴有关。它的参数与体积发射器很相似。

1)"Invert Attenuation"（反转衰减）：选择此复选框，"VolumeAxis" 场边缘作用力最强，中心部分最弱；取消选择边缘弱中心强。

2）"Away From Center"（离开中心）、"Away From Axis"（离开轴）：受力物体离开场中心或轴的速度，取负值能够向内吸引，根据体积场种类不同而不同，但作用力方式类似。

3）"Along Axis"（沿轴）：被影响物体沿体积轴运动的速度。

4）"Around Axis"（环绕轴）：被影响物体沿体积轴环绕运动的速度，正值做逆时针运动，负值做顺时针运动。

5）"Directional Speed"（方向速度）：被影响物体除沿轴向或环绕轴运动外，被指定朝某方向运动，方向由其下的"Direction"决定。

1.5 实例制作——火焰

使用 Maya 软件渲染粒子制作火焰，通过添加动力场模拟火燃烧时的形态。

1）打开光盘中"01-Particles-Field\Fire"文件夹下的"Fire.mb"文件，如图 1-106 所示，这是一个做好的简单火把模型。

2）选择火把模型，执行"Particles"→"Emit from object"的□，按照图 1-107 所示进行设定。选择粒子，执行"Fields"→"Gravity"的□，设定"Gravity"场沿 Y 轴正方向施加作用力，如图 1-108 所示。

图 1-106 火把模型

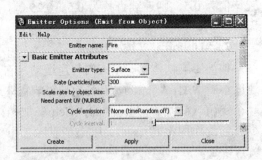

图 1-107 创建粒子发射器

3）选择粒子发射器，按【Ctrl+A】组合键打开属性，选择"ParticleShape"选项卡，在"Lifespan Attributes"卷展栏中设置"Lifespan Mode"为"Random Range"，设置"Lifespan"数值为 1.5，"Lifespan Random"数值为 1。在"Render Attributes"卷展栏中设置"Particle Render Type"为"Cloud（s/w）"，单击"Add Dynamic Attributes"卷展栏下的"General"按钮，在弹出的窗口中选择"Particle"选项卡，在列表框中选择"radiusPP"属性，将其加载到"Per Particle（Array）Attributes"卷展栏内。在新增加的"RadiusPP"卷展栏中增加"Ramp"对每个粒子的尺寸进行控制，"Ramp"设置大致如图 1-109 所示。当前场景内播放动画如图 1-110 所示。

4）选择粒子，执行"Fields"→"Turbulence"命令，打开属性，在"Turbulence Field Attributes"卷展栏中设置"Magnitude"数值为 30。选择粒子，执行"Fields"→"Radial"命令，打开属性，在"Radial Field Attributes"卷展栏中设置"Magnitude"数值为−0.3，将它

向上移动，使其吸引一部分粒子（图中选择的是"Radial"场）。播放当前动画如图 1-111 所示，如果觉得粒子速度快，可以为粒子添加"Drag"场减缓粒子运动。

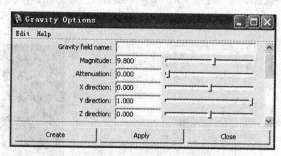

图 1-108　创建重力场

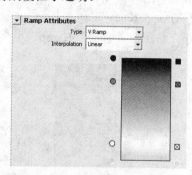

图 1-109　"Ramp"设置

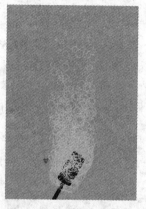

图 1-110　粒子效果

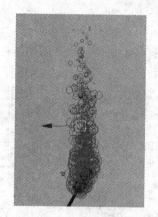

图 1-111　为粒子添加"Turbulence"

5）选择粒子，执行"Fields"→"Air"的□，选择"wind"，设定"Air"场作用方向为 X 轴。创建完成后按【Ctrl+A】组合键打开属性，在"Magnitude"属性上右击，在弹出的快捷菜单中选择"Create New Expression"命令，输入表达式：

　　　　airField1.magnitude=noise(frame/60)*20+7

现在播放动画如图 1-112 所示，粒子受空气场作用摆动。

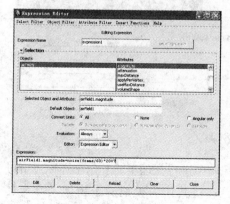

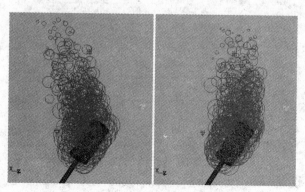

图 1-112　为"Air"的"Magnitude"属性输入表达式控制粒子受风力影响的效果

6）打开"Hypershade"窗口，展开"Volumetric"卷展栏，单击 Particle Cloud，创建一个新的粒子云材质，赋予场景中的粒子。选择粒子云材质，依次单击"Life Color"、"Life Transparency"和"Life Incandescence"属性右侧的 ◢ 按钮，为它们依次指定"Ramp"贴图，并修改"Ramp"贴图，如图 1-113 所示。

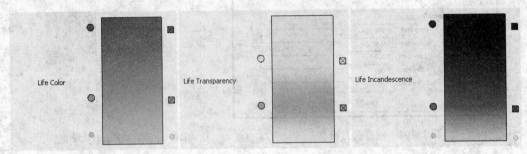

图 1-113　为粒子云材质设置 Ramp 节点

7）选择粒子云材质，打开属性，在"Transparency"卷展栏中单击"Blob Map"右侧的 ◢ 按钮，然后在"3D Textures"内选择"Volume Noise"贴图，先将"Noise Type"设置为"Space Time"，然后再调整参数，如图 1-114 所示。在"Color Balance"卷展栏中为"Color Gain"设置一个颜色，在场景中根据渲染情况调整三维放置节点尺寸或旋转角度。

提示：可以使用其他方式贴图，这仅是个人喜好问题。

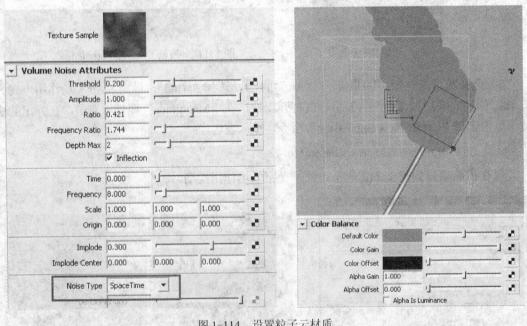

图 1-114　设置粒子云材质

8）渲染效果如图 1-115 所示，这个练习没有在环境中进行，如果将其用于环境，可以设置一盏有衰减的"Point Light"或"Volume Light"，将其作为火把的子物体，并为其"Intensity"属性设置动画或使用表达式控制灯光闪烁，模拟火焰忽明忽暗的效果。

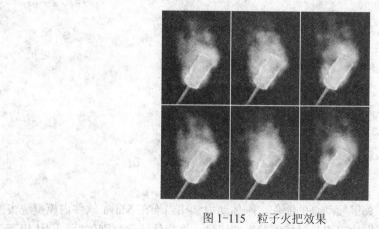

图 1-115　粒子火把效果

1.6　任务小结

在这个任务中综合介绍了 Maya 的粒子系统和动力场。粒子系统是一个功能强大但比较难以掌握的模块，它的各种控制大量依赖于场、表达式和脚本等。随着学习的深入，还需要掌握一些物理知识，如果以制作特效为目标，还需要学习编程方面的知识。

1.7　习题与案例实训

1．选择题

如图 1-116（左）所示，Maya 的某个场对两个不同质量的刚体施加力，播放一段时间结果如图 1-116（右）所示，该动力场是（　）。

A．Gravity　　　　B．Air　　　　　　C．Newton　　　　　D．Uniform

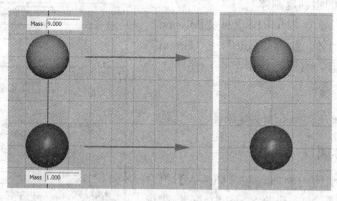

图 1-116　场对不同质量的刚体施加作用力

2．判断题

1）在创建粒子完成后不能使用鼠标移动单个粒子点。（　）

2）"Blobby Surface（s/w）"类型的粒子可以使用"Particle Cloud"材质。（　）

3．练习题

使用 Sprites 粒子制作烟雾效果。

第2章 刚体与柔体

2.1 刚体动力学

刚体动画的制作不同于关键帧动画的制作,刚体动力学相当于在 Maya 软件内模拟现实世界中物体在力的作用下或是物体间相互碰撞所发生的情景,将物体转化为刚体后,刚体相互碰撞而不会穿过物体。比如这样一个动画:一个物体从空中落下,砸在跷跷板的一端,跷跷板再通过杠杆运动对另一端的物体施加作用力将其弹起,如果使用关键帧动画来达到较强的真实感是比较困难的,但是通过使用 Maya 提供的刚体动力学模块可以很好地解决这个问题。

刚体可以分为主动刚体和被动刚体两种,主动刚体受场的影响,会因受到碰撞而改变运动,被动刚体不受到场的影响,在碰撞时并不因碰撞而发生运动。动力对被动刚体不起作用,在刚体动画中,地面通常被设置为被动刚体。

2.1.1 将物体创建为刚体

1. 使用单个物体创建刚体

在场景中创建一个"NURBS"或"Polygon"物体,按【F5】键切换到"Dynamics"(动力学)模块,选择该物体,执行"Soft/Rigid Bodies"(柔体/刚体)→"Create Passive Active Body"(创建主动刚体)或→"Create Passive Rigid Body"(创建被动刚体)命令。

2. 使用物体的组创建刚体

在场景中创建多个"NURBS"或"Polygon"物体,选择多个物体,执行"Edit"→"Group"命令,将它们成组,然后选择组节点,使用之前的方法创建刚体。

提示:使用细分表面无法创建刚体。

2.1.2 编辑刚体属性

选择创建为刚体的物体,按【Ctrl+A】组合键,打开属性编辑器,选择"rigidBody"选项卡,如图 2-1 所示。在创建刚体时也可单击创建刚体命令的□按钮设置刚体属性,它们的作用是相同的。

1. "Rigid Body Attributes"(刚体属性)

1)"Active"(主动):选择此复选框则该刚

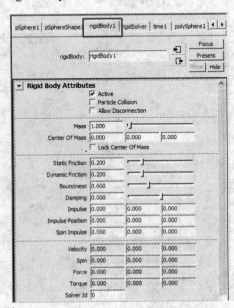

图 2-1 编辑刚体属性

46

体为主动刚体，取消选择，刚体为被动刚体。

2）"Particle Collision"（粒子碰撞）：粒子与刚体表面接触时，该选项设置刚体是否对粒子的碰撞做出反应。

① 在场景中创建一个球体，并使用"Create Passive Active Body"命令将其设置为主动刚体。

② 执行"Particles"（粒子）→"Create Emitter"（创建发射器）命令，创建一个粒子发射器，调整"Emitter type"（发射类型）为"Directional"（方向型），在"Distance/Direction Attributes"（距离/方向属性）卷展栏中为其设置方向，如图 2-2（左）所示。调整粒子位置及动画播放时间范围，播放动画，粒子穿过球体，如图 2-2（右）所示。

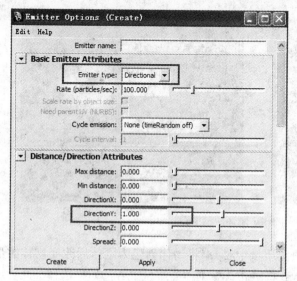

图 2-2　没有设置碰撞时粒子会穿过刚体

③ 选择球体，按【Ctrl+A】组合键，打开属性编辑器，选择"Particle Collision"复选框，此时播放动画，粒子仍然会穿过球体，这是由于虽然现在已经设置完刚体，但还需要设置粒子与物体碰撞。选择粒子（不是发射器），再加选球体，执行"Particles"（粒子）→"Make Collide"（设置碰撞）命令。再次播放动画，当粒子与球体接触时就会推动球体，如图 2-3 所示。

3）"Allow Disconnection"（允许断开）：系统默认设置，用户不能断开刚体和刚体解算器之间的连接，只有选择了该复选框，才能断开它们的连接关系。在创建完刚体后，物体的移动和旋转属性栏呈黄色显示，在这些属性上右击，并在弹出的快捷菜单中选择"Break connections"（断开连接）命令，此时 Maya 不允许断开。在刚体属性栏内选择"Allow Disconnection"复选框后，再次执行上面的命令，连接被断开，但有可

图 2-3　粒子与刚体发生碰撞并推动刚体

能导致意想不到的结果出现。

4）"Mass"（质量）：设置刚体的质量，该项只对主动刚体有效，质量越大它对碰撞物体的影响也就越大。

5）"Center of Mass"（质量中心）：设置主动刚体的质量中心位置，如图 2-4（左）中圆圈中的"X"形图标所示。通过改变质量中心的位置可以制作一种人们熟知的玩具——不倒翁，如图 2-4（右）所示，箭头所示为物体摆动范围，圆圈所示为质量中心位置。质量中心不仅可以设置在刚体内部，还可以设置在刚体外部。在被动刚体的动力学计算中，Maya 不使用质量中心。系统默认情况下使用 Polygon 转化的刚体，其质量中心就是它边界盒的质量中心，但使用 NURBS 物体转化的刚体其默认质量中心会有所偏离。

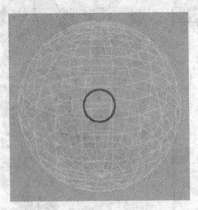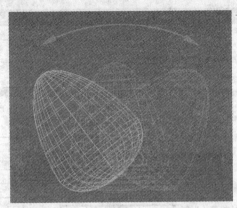

图 2-4　刚体质量中心

6）"Lock Center of Mass"（锁定质量中心）：将物体创建为刚体后改变物体的形状时（如调整点的位置，挤压面等），Maya 将重新计算刚体的质量中心，如果选择了此复选框再修改物体形状，质量中心不会改变。

7）"Static Friction"（静摩擦力）：刚体互相接触但没有运动时，该数值设置阻碍刚体开始运动的程度，如将一个球形刚体放置在斜面上，该数值定义球体在开始滚动时的难易度。在刚体运动之后，该选项只能产生很小的影响，或者不产生任何影响。

8）"Dynamic Friction"（动摩擦力）：运动中的刚体与表面的摩擦力，如模拟在大理石地面滚动的球和在地毯上滚动的球就要设置不同的动摩擦力。值为 0 时，刚体自由运动；值为 1 时，减缓运动。

9）"Bounciness"（弹跳力）：设置刚体的弹力。

10）"Damping"（阻尼）：为刚体设置阻力。正值减少运动，负值增加运动。

11）"Impulse"（推力）：在刚体局部坐标系中施加一个推力，在 X、Y、Z 轴向上设置方向和力的大小。

12）"Impulse Position"（推力点）：指定在刚体局部坐标系中起作用的位置，如推力作用的点不是刚体的质量中心，则刚体受力后会围绕自身的质量中心旋转。

① 取消"Create"→"Polygon Primitives"→"Interactive Creation"的选择，在场中创建一个球体并把它转化为主动刚体。

② 选择刚体，按【Ctrl+A】组合键，打开属性编辑器，将刚体质量中心沿 Z 轴偏移，

在 X 轴设置一个推力并设置它在刚体上的推力点，如图 2-5（左）所示，播放动画，刚体在运动过程中会沿着质量中心旋转，如图 2-5（右）所示。

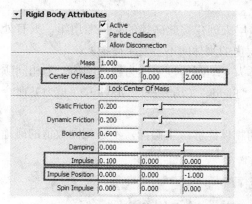 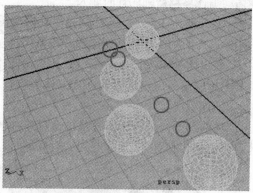

图 2-5　对刚体施加推力后刚体沿质量中心运动

13）"Spin Impulse"（旋转推动）：在 X、Y、Z 轴向上为刚体的质量中心施加一个旋转推动力，就是物理上的扭矩。数值越高，旋转得越快。

2．"Initial Settings"（初始设置）

在"Rigid Body Attributes"内设置的推力、推力点和旋转推动，对刚体持续起作用，在"Initial Settings"内设置的是刚体的初始状态，如图 2-6 所示。

1）"Initial Spin"（初始旋转）：设置刚体的初始旋转速度。

2）"Initial Position"（初始位置）：设置刚体在世界坐标系中的初始位置。

3）"Initial Orientation"（初始方向）：设置刚体的初始局部坐标系方向。

4）"Initial Velocity"（初始速度）：设置刚体的初始速度和方向。

3．"Performance Attributes"（性能属性）

这部分属性用于控制刚体的性能，如图 2-7 所示。

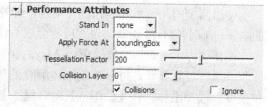

图 2-6　刚体初始设置　　　　　　　　图 2-7　刚体性能属性

1）"Stand In"（代理）：为刚体指定代理物体，提高计算速度，可以选择球体或立方体为刚体的代理物体，原始物体仍然会在场景中保持可见，但加快计算速度的同时要牺牲计算的精度，这是由于代理物体碰撞结果会与实际物体碰撞有出入，若要使用实际物体，选择"None"。

2）"Apply Force At"（作用力）：显示出一个下拉列表框，设置各种力在影响刚体时作用于"Center Mass"（质量中心）、boundingBox（盒子角）或"Vertices or CVs"（多边形顶点或"NURBS"物体的 CV 点）。

3）"Tessellation Factor"（细分元素）：使用"NURBS"物体制作刚体动画时，Maya 会从内部将其转化为多边形物体，这个数值决定在转化过程中创建多边形的近似数值，数值越高刚体动画计算越精确，耗时越长。

4）"Collision Layer"（碰撞层）：使用碰撞层来创建彼此碰撞的对象专用组，只有处于相同碰撞层内的刚体才能互相碰撞，不同碰撞层内的刚体间不会发生碰撞。

① 创建场景如图 2-8（左）所示，立方体为主动刚体，平面为被动刚体。为相同颜色物体分配相同碰撞层，选择两个立方体后执行"Fields"（场）→"Gravity"（重力）命令，为它们添加重力场。

② 播放动画，处于相同数值的碰撞层内的物体能够产生碰撞，不是相同数值的碰撞层物体将会穿过其他物体，如图 2-8（右）所示。

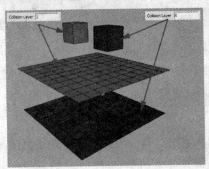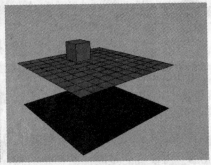

图 2-8　处于相同碰撞层内的刚体才会互相碰撞

5）"Collisions"（碰撞）：取消选择此复选框，刚体与场景中的任何物体不发生碰撞，但仍会受到场等作用力的影响。

6）"Ignore"（忽视）：选择此复选框，会关闭场、碰撞等所有对刚体的影响效果。

2.1.3　编辑刚体解算器属性

使用简单的几何形体制作刚体动画，计算上不会出现什么问题，但在制作形状比较复杂的刚体动画时，Maya 的默认设置可能会达不到要求的速度或精度，得到不正确的结果。

刚体动力学动画和刚体约束由 Maya 解算器控制，通过设置参数，可以控制刚体解算的精度和速度。选择刚体，按【Ctrl+A】组合键，打开属性编辑器，选择"Rigid Solver"（刚体解算）选项卡或执行"Solvers"（解算）→"Rigid Body Solver Attributes"（刚体解算属性）命令打开属性窗口，如图 2-9 所示，这两种方法的作用是相同的。

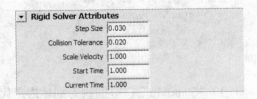

图 2-9　刚体解算器属性

1. "Rigid Solver Attributes"（刚体解算器属性）

1）"Step Size"（步长）：设置刚体动画解算在一帧内出现的频率，如果动画的设置是每秒 25 帧画面，则每帧是 0.04s，如果设置 Step Size 的数值是 0.01s，则解算器在每帧计算刚体动画 4 次。较小的步长数值意味着一秒内动画计算量的增加，因此，动画精确度也会增加，在实际制作过程中刚体间出现穿透，减小步长的数值应该是个不错的选择。该属性不可以设置关键帧。

2）"Collision Tolerance"（碰撞误差）：该数值设置刚体解算器检测碰撞的速度和精确度，碰撞误差设置值越小，碰撞精度越高，计算时间也越长。在实际的制作过程中，应试验不同的步长和碰撞误差，并观察数值变动对动画的影响，找到速度与精确度的平衡点。

3）"Scale Velocity"（速度比例）：必须在"Display Velocity"（显示速度）被选择的情况下使用，运动刚体会显示速度箭头，代表刚体的运动速率及方向。如果为刚体设置了推力，箭头也会标示出来。

在场景中创建一个球体并将其转化为主动刚体，设置"Scale Velocity"数值为 1，选择"Display Velocity"。为刚体在某个方向上设置一个推力，如果看不到箭头，播放一下动画就能够正常显示了，如图 2-10 所示，不同推力大小，箭头的长度也不同。如果推力较大，箭头过长，可减小"Scale Velocity"数值使其适应场景大小。

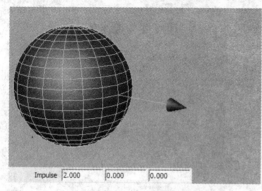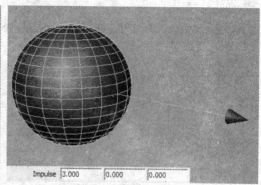

图 2-10　推力方向及大小在刚体上的显示

4）"Start Time"（起始帧）：设置刚体解算器开始起作用的时间帧。这个设置可以使刚体在指定时间点开始受场等作用力的影响。

5）"Current Time"（当前帧）：解算器进行刚体动力学计算时使用的当前时间帧。通常这个数值不必修改，但是可以通过修改这个数值达到加速或减速动画的效果。

① 创建场景如图 2-11（左）所示，将斜面转化为被动刚体，立方体转化为主动刚体并为其添加重力场，播放动画至 66 帧，当前立方体位置如图 2-11（右）所示。

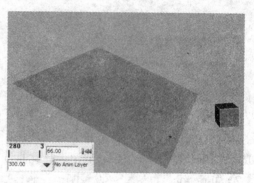

图 2-11　刚体落到斜面上并向下滚落

② 选择立方体，打开"Rigid Body Solver Attributes"窗口，在"Current Time"选项上右击，在弹出的快捷菜单中选择"Break connection"（打断连接）命令，此时，该属性数值的黄色底色消失，如图 2-12 所示。

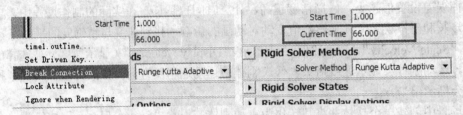

图 2-12　打断当前时间的连接关系

③ 拖动时间滑块至第 1 帧，将"Current Time"数值修改为 1，并打一个关键帧，拖动时间滑块至 198 帧的位置，将"Current Time"数值修改为 66，并打一个关键帧，如图 2-13 所示。

再次播放动画，在 198 帧的位置是之前 66 帧时的位置，速度变为原来的 1/3。

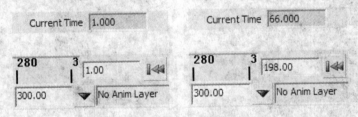

图 2-13　修改当前时间所对应的帧数

2．"Rigid Solver Methods"（刚体解算方式）（如图 2-14 所示）

1）"MidPoint"（中心法）：计算速度快但精确度低。

2）"Runge Kutta"（龙格-库塔法）：以中等速度和精确度进行计算。

3）"Runge Kutta Adaptive"（适当的龙格-库塔法）：计算速度慢但精确度高，该选项为系统默认的方式。

3．"Rigid Solver States"（刚体解算状态）（如图 2-15 所示）

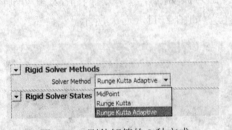

图 2-14　刚体解算的 3 种方式

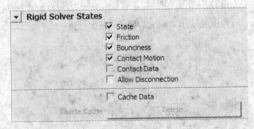

图 2-15　刚体解算状态

1）"State"（状态）：控制打开或关闭场、碰撞和刚体的约束等作用，如需要加速动画的播放，并暂时忽略刚体效果，取消选择此复选框。

2）"Friction"（摩擦）：设置刚体在碰撞后是因摩擦力而静止还是忽略摩擦力，选择此复选框，刚体之间有摩擦；取消选择，刚体间会因缺少摩擦而滑动。如刚体之间的接触只是瞬间的撞击，该选项的影响不大，取消选择可加速播放动画。

① 创建场景，如图 2-16 所示，选择除地面外的两个物体，将它们转化为主动刚体并为其添加重力场，选择地面并转化为被动刚体，播放动画，刚体间由于摩擦会停止滑动，如图 2-17（左）所示。

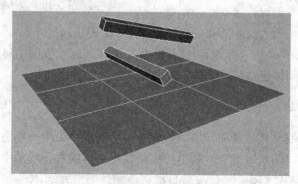

图 2-16　创建场景并转化为刚体

② 选择刚体在"Rigid Solver States"卷展栏内取消"Friction"选择，再次播放动画，刚体相互撞击后由于没有摩擦力的作用会沿平面滑动并掉落下去，如图 2-17（右）所示。

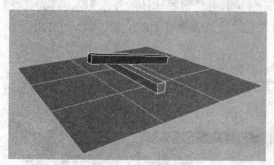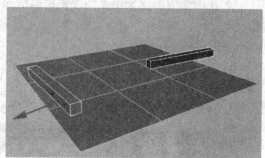

图 2-17　摩擦力对刚体的影响

3）"Bounciness"（弹性）：控制刚体相互接触是否产生弹跳，取消选择此复选框后，物体间相互接触不会产生弹跳。

4）"Contact Motion"（接触运动）：选择此复选框，Maya 会以刚体动力学模拟牛顿力学，当取消选择此复选框时，Maya 会模拟没有惯性的阻尼环境，弹力、摩擦力这样的碰撞力不会影响刚体，初始旋转、速度、推力等也会失效，只有场影响刚体。

5）"Contact Date"（接触数据）：保存场景中刚体间相互接触的数据。

6）"Allow Disconnection"（允许断开）：参看刚体属性章节介绍。

7）"Cache Date"（缓存数据）：选择此复选框，Maya 会保存所有连接到解算器上的动力学影响刚体的数据，然后用户就可以通过拖动时间滑块或反向播放检验刚体动画。

8）"Delete Cache"（删除缓存）：单击"Delete"（删除）按钮可以清除之前创建的缓存数据。

4. "Rigid Solver Display Options"（刚体解算器显示选项）（如图 2-18 所示）

1）"Display Constraint"（显示约束）：选择该复选框，显示刚体的约束图标。

2）"Display Center Of Mass"（显示质量中心）：选择该复选框，可以显示每个刚体的质量中心图标。

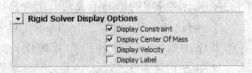

图 2-18　刚体解算器显示选项

3）"Display Velocity"（显示速度）：选择该复选框，可以显示箭头图标，箭头代表刚体的运动速度大小和方向，可用"Scale Velocity"属性调节箭头显示尺寸。

4）"Display Label"（显示标签）：选择此复选框，可以在视图中显示物体标签，这些标签将显示刚体是主动刚体还是被动刚体，同时显示刚体的约束类型。

2.1.4　刚体约束

刚体约束起到限制刚体运动的作用，约束模拟真实世界中用户熟悉的物品受到某些限制时的运动状态，如钉、销和铰链等。利用约束可以将刚体约束到场景中的某个位置或其他刚体上，为物体创建一刚体约束时 Maya 会自动将该物体制作为刚体。

1．"Create Nail Constraint"（创建钉约束）

钉约束的效果是某个主动刚体像被钉子钉到场景中的某个位置，被动刚体无法使用该约束。下面我们用一个实例来更好地了解它的作用。

1）在场景中创建一个球体，使用晶格或其他变形工具调整球体的外形为水滴状。执行"Create"→"Locator"命令，创建一个定位器，它的位置就是钉子的位置，调整它的位置如图 2-19 所示。

2）按【F2】键进入"Animation"模块，先选择"Locator"再选择球体，执行"Constrain"（约束）→"Aim"（瞄准）后的□，打开设置窗口，按照图 2-20（左）所示进行设置，调整水滴状物体如图 2-20（右）所示。

图 2-19　创建场景

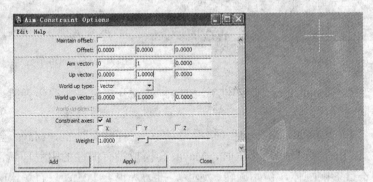

图 2-20　使用约束调整物体方向

3）打开"Outliner"选择瞄准约束将其删除，如图 2-21 所示。这样水滴状物体在添加钉约束后的摆动动画中能够始终指向定位器。

4）选择水滴状物体，执行"Soft/Rigid Bodies"→"Create Nail Constraint"命令，由于使用了刚体约束，球体自动转化为刚体。按【V】键，使用点捕捉，将钉约束捕捉到定位器上，为水滴状物体添加重力场，播放动画如图 2-22 所示。

2．"Create Pin Constraint"（创建销约束）

销约束可以在指定点将两个刚体连接在一起，它的效果就像一个金属销把两个物体关联起来。

图 2-21　删除约束

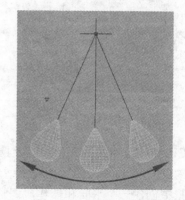

图 2-22　添加重力场后的动画效果

在场景中创建两个物体，选择两个物体执行"Soft/Rigid Bodies"→"Create Pin Constraint"命令，可以调节销的位置，如图 2-23（左）所示，选择任意一个刚体，为其创建一个重力场，播放动画，如图 2-23（右）所示，另一个刚体也会被带动。

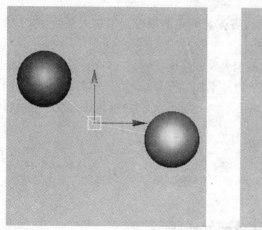
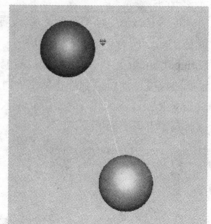

图 2-23　为刚体添加销约束

3."Create Hinge Constraint"（创建铰链约束）

铰链约束可以使刚体绕铰链的轴进行旋转，常见如门绕着门轴旋转。

1）创建一个门和门框的场景，选择作为门的物体然后执行"Soft/Rigid Bodies"→"Create Hinge Constraint"命令，将铰链约束图标移至门的一侧，并将它旋转 90°，使其与门的侧面平行，如图 2-24 所示。

2）选择立方体，打开"Rigid Body Attributes"属性窗口，在相应的轴方向为其施加推力使门受力打开，这里使用的是 Z 轴向，将时间滑块拖到第 1 帧，在"Impulse"的 Z 轴向设置数值为 3 并打一个关键帧，将时间滑块拖到第 2 帧，将"Impulse"的 Z 轴向数值改为 0 并打一个关键帧。现在播放动画，立方体会持续旋转。为"Damping"设置一个数值，使立方体旋转一些角度后能够停下来，如图 2-25 所示。再次播放动画，门在旋转一定角度后会静止下来。设置不同阻尼的大小，门打开的角度会有所不同。

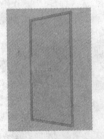

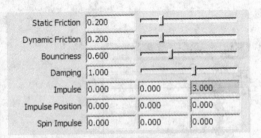

图 2-24　创建场景并添加铰链约束　　　　图 2-25　为门添加推力和阻尼

4."Create Spring Constraint"（创建弹簧约束）

弹簧约束模拟一个弹力的约束，像一条橡皮筋连在物体上。

在场景中创建一个平面和球体，调整位置如图 2-26（左）所示，将平面设置为被动刚体，将球体设置为主动刚体，选择 2 个刚体执行"Soft/Rigid Bodies"→"Create Spring Constraint"命令，然后为球体添加重力场，播放动画，球体在重力及弹簧约束作用下上下跳动。

选择弹簧约束，展开"Spring Attributes"（弹簧属性）卷展栏可以对属性进行设置。如图 2-26（右）所示。

1）"Spring Stiffness"（弹簧硬度）：设置弹簧约束的硬度。值越大弹簧施加给物体的力越大，也就是在同一质量下的拉伸程度越小。

2）"Spring Damping"（弹簧阻尼）：减弱弹簧的作用，较高的数值将使弹簧更快地达到静止状态。较低的数值使弹簧达到静止状态的时间增加。值为 0 时，刚体持续运动不能静止。

3）"Spring Rest Length"（弹簧静止的长度）：弹簧不受力静止时的长度，也就是开始播放动画后，弹簧尽量要达到的长度。

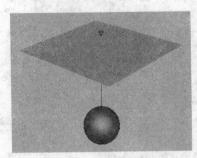

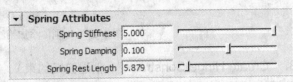

图 2-26　为刚体创建弹簧约束

5."Create Barrier Constraint"（创建屏障约束）

关于屏障约束，Maya 的帮助文档中指出：该约束创建一个无穷大的阻挡平面，使刚体的质量中心不超过阻挡平面。但是如果设置刚体的质量中心在其他位置，则 Maya 仍然会以默认的质量中心为准。

1）在场景中创建 3 个物体并转化为主动刚体，修改它们的质量中心，如图 2-27 所示。

2）对 3 个球体分别执行"Soft/Rigid Bodies"→"Create Barrier Constraint"命令，每次执行该命令将在场景中创建一个方形的图标，移动方形图标到物体下方，如图 2-28（左）所示，选择所有刚体为其添加重力场，播放动画，物体停留在该平面上，但不以设定的质量中心为准，如图 2-28（右）所示。

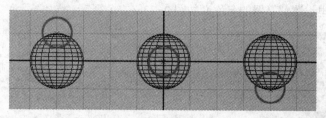

图 2-27　为刚体创建屏障约束

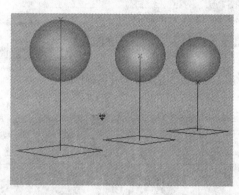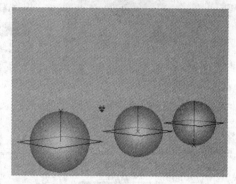

图 2-28　对不同质量中心的物体设置屏障约束效果

2.1.5　解算器

1．"Initial State"（初始状态）

当刚体动画进行到一定程度时，将动画暂停，执行"Solvers"（解算器）→"Initial State"→"Set For Selected"（设置选择）或"Set All Dynamic"（设置所有动力学）命令，将时间线退回到初始位置时，所选择刚体或所有刚体将使用之前设置的初始状态。

2．"Current Rigid Body Solver"（当前刚体解算器）和"Create Rigid Body Solver"
　　（创建刚体解算器）

1）创建场景，如图 2-29 所示，将平面设置为被动刚体，将球体设置为主动刚体，为球体添加重力场，播放动画，球体撞击平面后会弹跳。

2）执行"Solvers"→"Create Rigid Body Solver"命令，创建新的刚体解算器，然后执行"Solvers"→"Current Rigid Body Solver"→"rigidSolver1"命令，将当前的刚体解算器设定为"rigidSolver1"，如图 2-30 所示（但这不会影响之前所创建的刚体）。

3）执行"Solvers"→"Rigid Body Solver Attributes"（刚体解算器属性）命令，打开新创建的刚体解算器属性栏，取消选择"Bounciness"（弹性）复选框，如图 2-31 所示。

4）确认当前的刚体解算器为"rigidSolver1"，创建一组相同的场景，按照上一组的设置进行，播放动画，新创建的刚体因为使用"Bounciness"被取消的"rigidSolver1"解算器，所以落到平面没有弹跳的效果，如图 2-32 所示。

5）如果需要将名称为"rigidSolver1"的刚体解算器作用于最后创建的一组场景，使球体接触到平面后能够弹跳，可以使用下面这个方法来解决，选择第 2 组场景中的球体和平面，然后单击屏幕右下角的 按钮，打开 "Script Editor" 窗口，输入："rigidBody -edit -solver rigidSolver"（在这里设置解算器的名称）如图 2-33（左）所示。

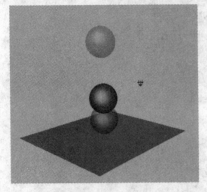

图 2-29　刚体弹跳动画

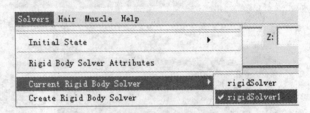

图 2-30　选择新创建的解算器

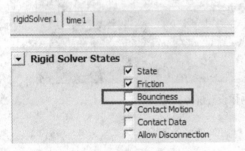

图 2-31　取消弹性的选择状态

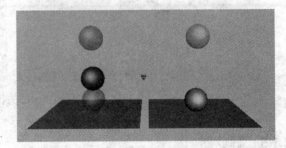

图 2-32　两组刚体运动使用不同的刚体解算器效果

提示：同一组场景必须使用相同的解算器，否则无法碰撞。

再次播放动画，两组刚体均使用 "rigidSolver"（解算器），因此，接触平面后都能够弹跳，如图 2-33（右）所示。

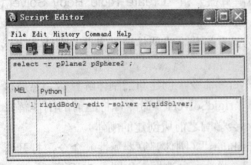

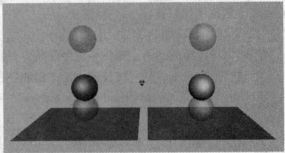

图 2-33　为另一组刚体指定解算器

3. "Set Rigid Body Interpretation"（使刚体穿透）和 "Set Rigid Body Collision"（使刚体碰撞）

选择一组碰撞刚体，执行 "Set Rigid Body Interpretation"，则刚体间相互穿透。再次选择这组刚体，执行 "Set Rigid Body Collision"，它们又能产生碰撞。

2.1.6 将刚体动画转化为关键帧动画

刚体动画是基于动力学进行计算的，如果对刚体动画满意了也可以把刚体动画转化为关键帧动画。这样将减轻计算机的负担并节省大量的时间，这是由于 Maya 不必再进行动力学计算，但是将动力学动画转化为关键帧动画后就无法再回到动力学动画，因此，要做好备份工作。

将动力学动画转化为关键帧动画有一个术语——"Baking"（烘焙），Maya 用它来创建模拟动力学运动的关键帧。

1）创建场景，如图 2-34 所示，将斜面设置为被动刚体，将球体设置为主动刚体，为球体添加重力场，适当为球体增加"Bounciness"数值，播放动画，球体弹跳着向下滚动。

2）选择球体，观察它通道内数值的变化，发现只有"Translate X"和"Translate Y"通道数值有变化，因此，在这里，仅对这两个通道进行烘焙。选择球刚体，并选择"Translate X/Y"通道，然后执行"Edit"→"Keys"→"Bake Simulation"（烘焙模拟）的□，打开属性设置窗口，按照图 2-35 进行设置，完成后单击"Bake"或"Apply"按钮，当动画播放完成后，烘焙过程就结束了。

图 2-34　创建球体沿斜面滚落的刚体动画　　　图 2-35　烘焙所选择通道

3）选择球体，在时间线上来回拖动，动画运行正常。执行"Window"→"Animation Editors"→"Graph Editors"命令，可以看到在每一帧位置都会生成一个关键帧，如图 2-36 所示，如果仅仅是为了提高速度将刚体动画烘焙为关键帧动画，就不用对它进行修改了。如需再次对关键帧进行修改，就需要对动画曲线进行精简操作。

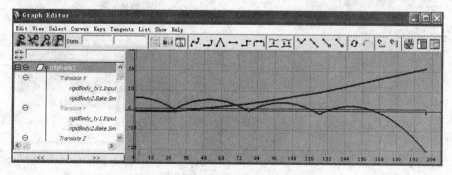

图 2-36　将刚体动画烘焙为关键帧动画

4）在"Graph Editors"内执行"Curve"→"Simplify Curves"（简化曲线）的□，打开设置窗口，按照图 2-37（左）进行设置，完成后单击"Simplify"或"Apply"按钮。Maya

会根据设置去掉许多对曲线影响不大的关键帧，如图 2-37（右）所示。为了使球体的动作能够比较流畅，在精简完曲线后，最好对关键帧进行调整达到令自己满意的效果。

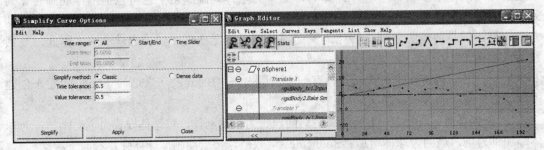

图 2-37　精简动画曲线

2.2　实例制作——风中的灯笼

使用 Maya 的刚体约束制作一个灯笼在风中摆动的效果。这里的主要目的是刚体约束的使用，因此，在材质方面没有精细的制作要求。

1）在本书附带光盘的"02-Soft-Rigid Bodies\scenes"文件夹内打开"Denglong.mb"文件，如图 2-38 所示，模型已经制作完成。一个大的灯笼加上下面的一些挂珠和铃铛，需要完成的就是为其添加刚体动力学，模拟它在风中摆动的效果。

2）选择灯笼模型，执行"Soft/Rigid Bodies"→"Create Nail Constraint"命令，为其添加钉约束并调整钉约束的位置，如图 2-39 所示。

图 2-38　基本场景

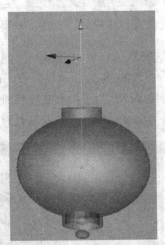

图 2-39　为主体创建钉约束

3）选择两个挂珠，依次执行"Soft/Rigid Bodies"→"Create Pin Constraint"命令，选择最顶端的挂珠按【Ctrl+A】组合键，打开属性编辑器窗口，取消选择"Active"复选框，将其设置为被动刚体，如图 2-40 所示，将该被动刚体设置为灯笼物体的子物体。

4）选择铃铛物体，执行"Modify"→"Freeze Transformations"命令，然后删除它的历史堆栈。再次选择铃铛物体执行"Soft/Rigid Bodies"→"Create Passive Active Body"命

令，创建主动刚体，按【Ctrl+A】组合键打开属性编辑器窗口，修改其质心位置至顶端，如图 2-41（左）所示。在铃铛与挂珠间创建"Pin"约束，如图 2-41（右）所示。

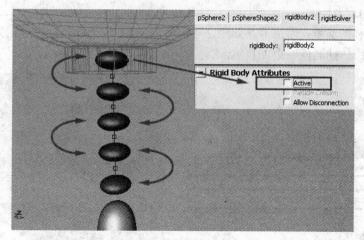

图 2-40　为挂珠添加约束并设置顶部挂珠与灯笼的父子关系

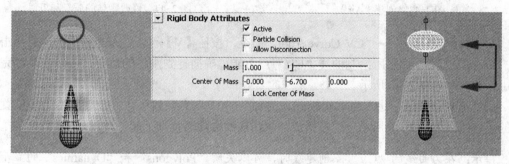

图 2-41　修改铃铛质心并创建约束

5）选择铃铛的坠子对其执行冻结变换操作，然后删除它的历史堆栈。在场景中创建一个"Locator"，并调整至铃铛物体的顶部，将"Locator"作为铃铛的子物体。

6）选择铃铛的坠子将其转化为主动刚体，按【Ctrl+A】组合键，打开属性编辑器窗口，修改其质心位置至顶端，如图 2-42（左）所示。执行"Soft/Rigid Bodies"→"Create Nail Constraint"命令为其添加钉约束，并将钉约束作为"Locator"的子物体，如图 2-42（右）所示。

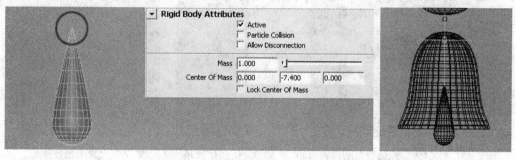

图 2-42　修改铃铛坠子质心并创建约束

7）选择除铃铛和铃铛坠子外的所有刚体，执行"Fields"→"Air"命令，为其添加风场，修改风强度和方向，如图 2-43 所示。再次选择所有刚体，执行"Fields"→"Gravity"命令，为其添加重力场。

8）修改刚体的质量、阻尼等，如图 2-44 所示，读者也可以自行设定相关的数值（包括场的参数），使刚体动画能够更加自然。

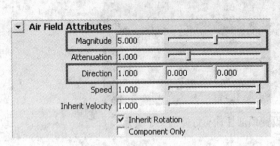

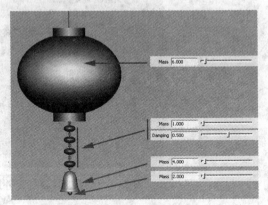

图 2-43　创建"Air"　　　　　　　　　　图 2-44　修改刚体的质量和阻尼

9）执行"Create"→"CV Curve Tool"命令，按住【V】键，在每个挂珠的质心单击创建一个"CV"点，如果所绘制曲线"CV"点不能正确捕捉到刚体的质心，可以在绘制完成后进行调整，如图 2-45 所示。

10）选择该曲线，进入点编辑模式，为每个"CV"点创建簇，并把簇对应为该位置挂珠的子物体，如图 2-46 所示。现在播放动画，曲线会随着挂珠一起移动。

提示：在为曲线的"CV"点创建簇时，可以关闭"Polygons"和"Dynamics"的显示。

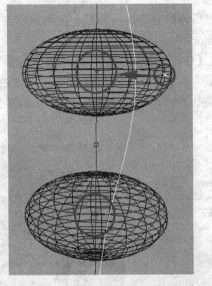

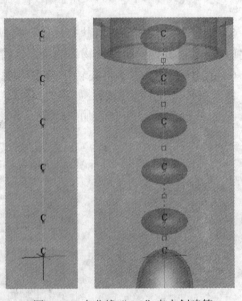

图 2-45　将"CV"点捕捉到刚体的质心　　　图 2-46　在曲线"CV"点上创建簇

11）创建一个"NURBS"圆环，加选刚才创建的曲线，执行"Surfaces"→"Extrude"的▯，打开属性设置窗口，参数设置如图 2-47 所示，创建连接的绳子，为绳子赋予材质，最终结果如图 2-48 所示。

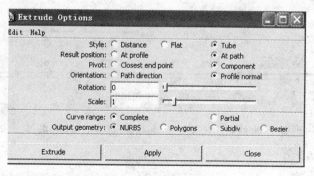

图 2-47　创建绳子物体

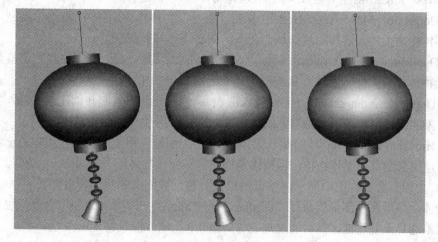

图 2-48　灯笼动画

2.3　柔体动力学

柔体是一种使用粒子来带动几何体变形的技术，通过对粒子施加场等效果，使粒子产生运动，在粒子带动下几何体表面发生变化，用户还可以设置每个粒子在柔体上的权重数值或为柔体创建弹簧，丰富、完善它的制作效果。柔体不仅可以用来模拟果冻、泥等柔软物体，也可使用柔体来创建一些模型。用户可以使用多边形、NURBS 曲面、曲线和晶格来创建柔体。

2.3.1　创建柔体

在场景中创建一个几何体，选择几何体并执行"Soft/Rigid Bodies"→"Create Soft Body"（创建柔体）的▯，打开设置窗口，如图 2-49 所示。

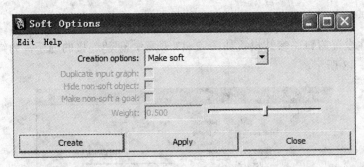

图 2-49　柔体创建选项

提示：原始几何形体、曲线的"CV"点或顶点越多，创建柔体并施加动力学后的变形越大。

1）"Creation Options"（创建选项）：该下拉列表框中包含 3 个选项。

● "Make soft"（创建柔体）：将当前选择物体直接转化为柔体。

● "Duplicate，Make Copy Soft"（复制，将复制物体作为柔体）：将物体复制，并将复制体作为柔体，选择此复选框，会激活图 2-49 中的灰色选项。

● "Duplicate，Make Original Soft"（复制，将原始物体作为柔体）：将物体复制，将原始物体作为柔体。选择此复选框也会激活图 2-49 中的灰色选项。

2）"Duplicate input graph"（复制输入图表）：当用户使用复制并创建柔体时，如果需要复制的对象能够使用和编辑原始对象的从属输入图表，需要选择此复选框。

3）"Hide non-soft object"（隐藏非柔体物体）：当用户使用复制并创建柔体的选项时，选择此选项，将会隐藏非柔体物体，需要注意的是隐藏后该物体的"Visibility"（可见）属性仍然为"on"，但不会在视图中显示，如果用户需要显示被隐藏的物体，首先在"Outliner"中选择该物体，然后在顶部菜单执行"Display"→"Show"→"Selection"命令，也可以在创建柔体时不选择该复选框，然后通过控制"Visibility"属性控制物体隐藏或显示。

4）"Make non-soft a goal"（将非柔体设定为目标）：当用户使用"Make Original Soft"或"Duplicate"、"Make Copy Soft"来创建柔体时，如选择此复选框，则柔体将尽量追随目标物体，目标物体就是原始的或复制的几何形体，在"Weight"处可以为其设置权重。

如果用户在没有选择该复选框的情况下，创建了柔体，仍然可以为其创建一个目标。选择柔体的粒子，然后选择作为目标的物体，执行"Particles"→"Goal"命令。

5）"Weight"（权重）：设置柔体追随原始物体的程度，当值为 0 时，柔体能够自由变形；当值为 1 时，柔体变硬不能变形。

2.3.2　编辑柔体目标权重

1）"Paint Soft Body Weights Tool"（绘制柔体权重工具）：使用柔体权重绘画工具，能够在柔体表面绘制权重，该工具与其他绘制权重工具基本相同，关于该工具的使用可以参考为骨骼、簇绘制权重的方法。

如果需要为柔体绘制目标权重，则该柔体必须在创建时带有目标权重。选择需要绘制柔体权重的物体，执行"Soft/Rigid Bodies"→"Paint Soft Body Weights Tool"命令。

在图 2-50 中，左图为带有目标权重的柔体，中图为绘制的权重（关闭了网格和粒子的显示），右图为该柔体添加了风场的效果，权重数值越高变形越小，权重数值越低变形越大。

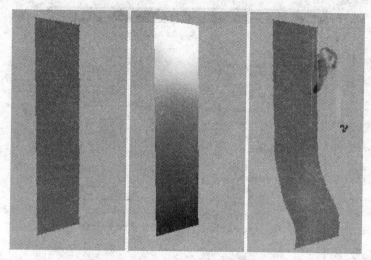

图 2-50　不同柔体权重的效果

2）上面的方法使用笔刷对柔体权重进行调整，如果需要设置比较精确的权重数值或调整一些权重错误，就会使用组件编辑器调整柔体粒子权重。

① 创建一个带有目标权重的柔体。在"Outliner"中选择柔体的粒子，按【F8】键进入点选择模式，场景中的粒子会以淡蓝色显示。

② 选择其中的一些粒子，执行"Window"→"General Editors"→"Component Editors"（组件编辑器）命令，选择"Particles"选项卡，在列表框"goalPP"列中列出了所选择粒子的权重数值，如图 2-51 所示。

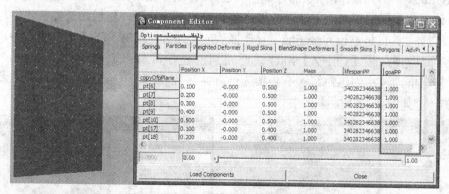

图 2-51　使用组件编辑器编辑粒子的权重

2.3.3　柔体弹簧

1. "Spring Methods"（创建弹簧方式）

为柔体的粒子添加弹簧可以改善对柔体变形的控制。弹簧的作用相当于柔体的骨架，帮助柔体在运动的过程中尽量保持它的长度或体积，弹簧可使粒子互相影响和制约。在场景中创建柔体，然后执行"Soft/Rigid Bodies"→"Create Springs"（创建弹簧）的□，打开设置窗口，如图 2-52 所示。

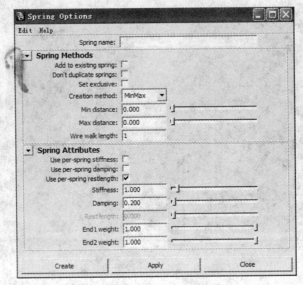

图 2-52　创建弹簧及弹簧属性

1）"Spring name"（弹簧名称）：输入创建弹簧的名称。

2）"Add to existing spring"（添加到已有弹簧）：如场景中的柔体已有弹簧，选择该复选框将添加弹簧到已经存在的弹簧中，而不产生新的弹簧，若取消选择，则会创建新的弹簧。

① 在场景中创建一个"NURBS"球体并转化为柔体，在"Outliner"窗口中选择粒子物体，按【F8】键进入点选择模式，圈选顶部的两排粒子，执行"Soft/Rigid Bodies"→"Create Springs"命令，使用默认的方式在所选择的粒子间添加弹簧。

② 使用与步骤①相同的方法，选择球体底部的两排粒子，然后加选弹簧物体，在创建弹簧窗口选择"Add to existing spring"复选框后创建弹簧，观察"Outliner"窗口中，仍然只有一个弹簧物体。按【Ctrl+Z】组合键返回到创建弹簧前，取消选择"Add to existing spring"复选框，再次创建弹簧（不必加选已有弹簧），观察"Outliner"窗口中，发现有两个弹簧物体，如图 2-53 所示。

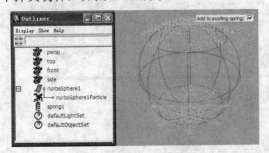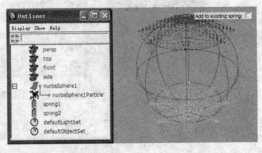

图 2-53　在已有弹簧的柔体上添加弹簧

3）"Don't duplicate springs"（不累加弹簧）：如果柔体上已有弹簧存在，选择此复选框会避免在两点间再次创建弹簧。

4）"Set exclusive"（设置限制）：当为多个选择物体添加弹簧时，若选择此复选框时，Maya 只在不同物体间的点创建弹簧，而在同一物体之间的点则不会创建。取消选择此复选框，Maya 不考虑点的从属，会在物体自身点间和不同物体点间创建弹簧。

5）"Create methods"（创建方式）：在该下拉列表框中共有 3 个选项，各选项的效果如图 2-54 所示。

① "MinMax"（最大最小）：按照点与点之间的距离决定是否创建弹簧，在"Min distance"（最小距离）和"Max distance"（最大距离）确定的距离数值内创建弹簧。

在场景中创建一个正方形多边形平面并转化为柔体，使用测量工具测得该正方形对角线长度约为 14.2，使用这个数值作为"Max distance"，使用略小于对角线的数值 13.6 作为"Min distance"，如图 2-54（左）所示。使用"MinMax"方式创建弹簧，结果如图 2-54（右）所示，弹簧只出现在对角线上。

② "All"（全部）：在选择物体间的所有点创建弹簧，如图 2-55 所示。

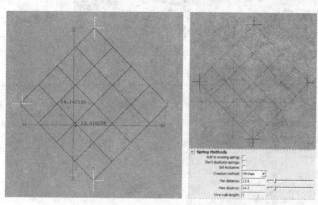
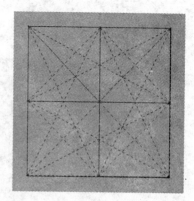

图 2-54　使用"MinMax"方式为柔体创建弹簧　　　图 2-55　使用"All"方式为柔体创建弹簧

③ "Wireframe"（线框）：在物体外部边缘的粒子间创建弹簧。

6）"Wire walk length"（线步长）：使用"Wireframe"方式创建弹簧时，该选项能够设置边缘粒子之间创建弹簧的数目，例如，对于一个粒子来说，该属性为 2 时，除在与其相邻的粒子间创建弹簧外，还会向外寻找与其间隔一个粒子的粒子创建弹簧；属性为 3 时再向外延伸一个粒子，该属性值越大，弹簧数目越多，柔体结构越稳定，越不易变形，如图 2-56 所示。

2．"Spring Attributes"（弹簧属性）

1）"Use per-spring stiffness"（使用单独弹簧硬度）、"Use per-spring Damping"（使用单独弹簧阻尼）和"Use per-spring restLength"（使用单独弹簧静止长度）允许用户单独设置单个弹簧的硬度、阻尼、静止长度。

① 创建一个柔体，使用默认方式为其添加弹簧，如图 2-57 所示。

② 单击界面顶部的 按钮，然后单击 按钮，右击查看确保"Springs"被选择。选择一条弹簧然后执行"Window"→"General Editors"→"Compound Editor"命令，然后选择"Springs"选项卡，在表中列出了每个弹簧的静止长度、硬度和阻尼 3 项，修改数值改变每个弹簧的属性，如图 2-58 所示。

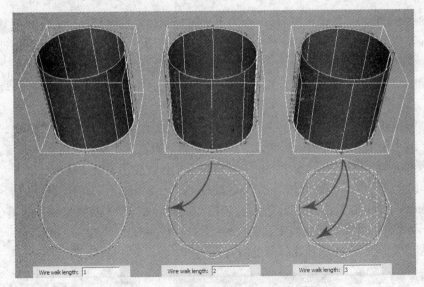

图 2-56　线步长在使用线框模式创建弹簧时的作用

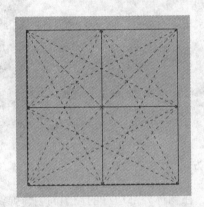

图 2-57　创建柔体并添加弹簧

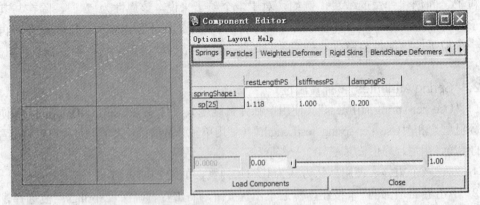

图 2-58　编辑单弹簧的属性

　　2）"stiffness"（硬度）：设置弹簧的硬度也就是对力的反抗程度。数值越大，弹簧拉伸越小；数值越小，弹簧拉伸越大。

3）"damping"（阻尼）：设置弹簧的阻尼，较大的数值会使弹簧的拉伸变化慢，较小的数值会使弹簧的拉伸变化快。

4）"restlength"（静止长度）：设置弹簧静止时的长度，在动画的过程中，弹簧受力变形后会尽量靠近该数值设定的长度，将该数值设置比弹簧长度小，弹簧会缩短，将该数值设置比弹簧长度大，弹簧会拉长，默认为关闭，该项只有在取消选择"Use per-spring rest Length"复选框时才会起作用。

2.4 实例制作——果冻掉落

制作果冻掉落到地面上的动画，模拟果冻柔软有弹性，掉落后会颤动的效果，使用 Maya 的柔体、弹簧、粒子与刚体碰撞。

1）取消"Create"→"Polygon Primitives"→"Interactive Creation"的选择，然后执行"Create"→"Polygon Primitives"→"Cube"命令，在场景中创建一个立方体，设置"Subdivisions Width"、"Subdivisions Height"、"Subdivisions Depth"的数值均为6。在立方体的每边中任选一条短边，保持边的选择状态，按【F3】键进入"Polygons"模块，执行"Select"→"Select Contiguous Edges"命令，现在立方体的所有外边界都被选择，如图 2-59 所示。

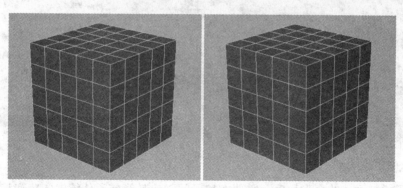

图 2-59　创建模型选择所有边界线

2）保持边的选择状态，执行"Edit Mesh"→"Bevel"的 ❒，打开设置窗口，按照图 2-60 进行设置，完成后单击"Bevel"或"Apply"按钮，一个简单圆角的果冻模型就做好了，如图 2-60 所示。

3）为立方体赋予一个简单的材质，然后旋转一定角度。在场景中创建一个平面，调整它和立方体的尺寸和位置，大致如图 2-61 所示。为了显示清晰可以在视窗内关闭动力学物体的显示。

4）选择立方体，执行"Soft/Rigid Bodies"→"Create Soft Body"的 ❒，打开设置窗口，在"Creation options"卷展栏内选择"Make soft"选项。选择平面物体，执行"Soft/Rigid Bodies"→"Create Passive Rigid Body"命令，将其创建为被动刚体。

5）选择柔体，执行"Fields"→"Gravity"命令，为其添加重力场，现在播放动画，柔体会穿过地面而不会发生碰撞。选择柔体然后按【Shift】键加选地面，执行"Particles"→

"Make Collide" 命令，设置粒子与刚体发生碰撞，再次播放动画，粒子与刚体碰撞而带动柔体的变形，但这种变形过大，显然不是所需要的效果，如图 2-62（左）所示。

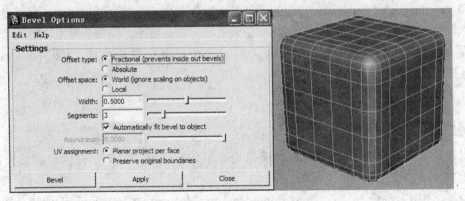

图 2-60　创建倒角

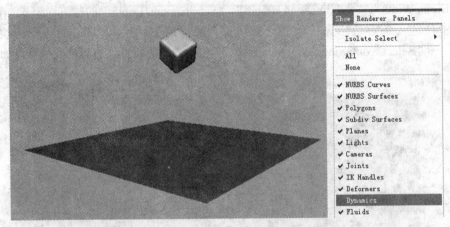

图 2-61　调整立方体和平面的比例位置关系

6）为了控制柔体的变形程度，需要在粒子间创建弹簧使柔体能够正确变形。选择柔体执行 "Soft/Rigid Bodies" → "Create Springs" 的□，打开设置窗口，"Creation Method" 使用 "All"，创建弹簧后播放动画，柔体仍然无法正常变形，如图 2-62（右）所示。

图 2-62　柔体无法正常变形

7）执行 "Solvers"（解算）→ "Edit Oversampling or Cache Settings"（编辑取样或设置

缓存）的 ⬚，打开设置窗口，设置"Over Samples"（覆盖取样）数值为 10，播放动画，在时间线处会出现小数，现在柔体应该能够正常变形，这是由于在每帧之间增加了采样，但柔体显得有些过软，如图 2-63 所示。

图 2-63　柔体能够正常变形但有些过软

8）在"Outliner"窗口中选择弹簧物体，修改"stiffness"数值为 9，修改"Damping"数值为 1，再次播放动画，结果如图 2-64 所示。

图 2-64　柔体最终动画

2.5　实例制作——风中摆动的草

Maya 可以将曲线转化为柔体，在这个实例中，为植物模型添加骨骼并蒙皮，然后为骨骼创建"Spline IK"，并将控制曲线制作成柔体，对柔体施加力，使其带动骨骼，然后骨骼再对模型施加变形控制，模拟植物在风中摆动的效果。

1）在本书中附带光盘目录下"02-Soft-Rigid Bodies\scenes"文件夹内，找到"Grass.mb"文件并打开，这是一个花盆和植物的模型，渲染效果如图 2-65 所示，因为目的是制作柔体动画，所以在这个场景中没有打灯光仅使用 Maya 默认的灯光。

2）按照叶子的走势添加骨骼，该场景中的叶子已作为盆的子物体，通过调整盆的旋转角度使叶子侧面能够朝向某个正交视图的摄像机，然后在该正交视图为其添加骨骼，将添加的骨骼作为盆的子物体后旋转盆再为下个叶子添加骨骼，直到为所有叶子添加完成骨骼，如图 2-66 所示。

提示：也可旋转叶子使其侧面朝向正交视图，然后为其添加骨骼，在蒙皮后旋转该骨骼最底部的根关节恢复叶子的位置。这里主要强调的就是在正交视图为叶子添加骨骼。

图 2-65　模型渲染结果

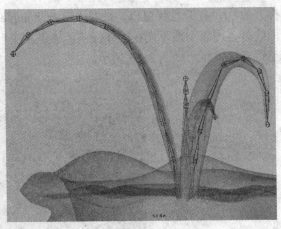

图 2-66　为叶子添加骨骼

3）选择骨骼然后选择相应的叶子模型，按【F2】键进入"Animation"模块。执行"Skin"→"Bind Skin"→"Smooth Bind"命令，重复该操作直到为所有模型完成蒙皮。

4）执行"Skeleton"→"IK Spline Handle Tool"的▢，打开设置窗口，设置"Number of spans"数值为 4，如图 2-67（左）所示。按照图 2-67（右）中箭头所示依次单击创建线 IK，在创建线 IK 的过程中可能会出现关节略微移动的现象，可以忽略。

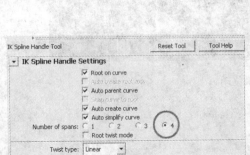

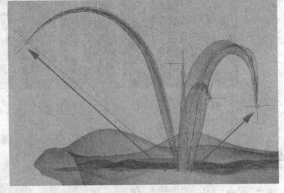

图 2-67　设置线 IK 参数并创建

5）打开"Outliner"窗口，选择相应的控制曲线，执行"Show"→"Isolate Select"→"View Selected"命令，然后按【F10】键，这条曲线共有 7 个"CV"点，如图 2-68（左）所示。为了使将来的动画更自然，为该曲线添加一些"CV"点进行控制，在模型上右击，在弹出的快捷菜单中选择"Curve Point"命令，然后在模型上增加一些点，如图 2-68（中）所示。按【F4】键进入"Surface"模块，执行"Edit Curves"→"Insert Knot"命令完成后再次查看该曲线的控制点如图 2-68（右）所示，对其他控制曲线执行相同的操作。

6）选择曲线，按【F5】键进入"Dynamics"模块，执行"Soft/Rigid Bodies"（柔体/刚体）→"Create Soft Body"（创建柔体）的▢，打开设置窗口，在"Creation options"下拉列表框中选择"Duplicate，make original soft"选项，其他设置如图 2-69 所示。

提示：这里需要注意不能使用"Duplicate，make copy soft"选项，这是由于原始曲线要控制骨骼，最终需要骨骼的动画控制模型动画。

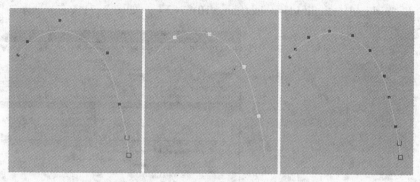

图 2-68　为 IK 控制曲线增加控制点

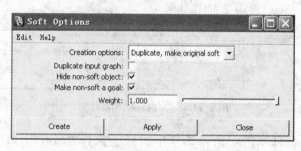

图 2-69　将曲线转化为柔体

7）隐藏不必要的物体显示，在"Outliner"中选择粒子，按【F8】键使用点过滤选择粒子点，执行"Window"→"General Editors"→"Component Editors"命令，在打开的窗口中选择"Particles"选项卡，为粒子点设置权重。需要注意曲线上粒子点顺序与"Component Editors"中所列粒子顺序，如图 2-70 所示。对其他粒子执行相同的操作。

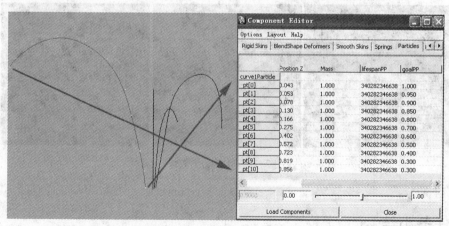

图 2-70　为粒子点设置权重

8）选择所有粒子，执行"Fields"→"Gravity"命令，再次选择所有粒子，执行"Fields"→"Air"命令，创建完成后按【Ctrl+A】组合键，打开属性编辑器窗口，展开"Air Field Attributes"（空气场属性）卷展栏，在"Magnitude"选项上右击，在弹出的快捷菜单中选择"Create New Expression"命令为其添加表达式，如图 2-71（左）所示。在"Expression"文本框中输入"airField1.magnitude=noise(frame/10)*7+2"，如图 2-71（右）所示。

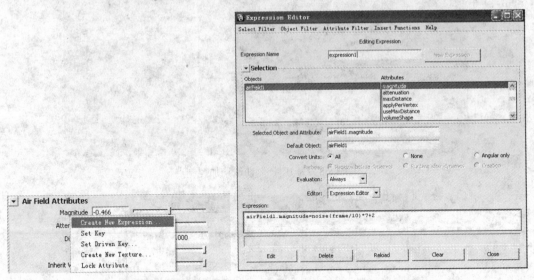

图 2-71　为空气场添加表达式

9）因为叶子都是独立的，所以选择单组粒子执行"Soft/Rigid Bodies"→"Create Springs"命令，设置"Creation method"为"All"，创建完成后修改参数"Stiffness"数值为10，"Damping"数值为5。加入弹簧后，可以再次修改粒子权重数值调整动画效果。

10）为了方便察看效果，设置在窗口中仅显示"NURBS Surface"物体。播放动画，结果如图 2-72 所示。控制骨骼的 IK 样条曲线变为柔体并受到风场的影响，使叶子模型像在风中摇摆。最终效果在本书附带光盘文件"Grass_final.mb"下。

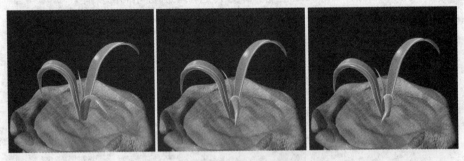

图 2-72　叶子动画效果

2.6　任务小结

本章介绍了 Maya 动力学部分中的刚体和柔体部分，需要注意的是在真正制作动画过程中，关键帧动画和动力学模拟各有各的特色，一个效果可以使用多种方式来完成，需要在技术、效果、时间和实际需求方面权衡，有很多时候使用关键帧动画模拟动力学动画是一个很不错的选择，结果是最重要的，不要将自己固定在某个方法上。

2.7　习题与案例实训

1．判断题

（1）刚体的质心不能移到刚体之外。（　）

（2）刚体硬度不能通过绘画权重来控制。（　）

2．练习题

（1）使用刚体制作如图 2-73 所示的动画，并尝试使用多种方法使左侧立方体跳得更高。

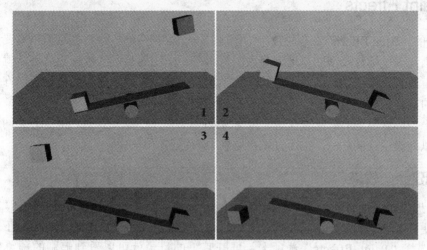

图 2-73　简单刚体练习

（2）使用柔体制作蜡烛的火焰。

第3章 绘画效果

3.1 Paint Effects

Maya 的"Paint Effects"（绘画效果）模块是一个很神奇的模块，在这里不需要建模、贴图等，挥洒几下鼠标，茂密的草地、高大的树木、一团团的云、一栋栋楼房等，就会出现在你的眼前，而且许多还是有动画效果的，如燃烧的火焰、在风中摆动的植物等，许多看上去非常复杂的自然景观使用"Paint Effects"来创建却非常简单。

"Paint Effects"是一个新的有别于传统的绘画程序，它可以在 2D 和 3D 空间中进行绘画，既可以为模型绘制贴图，也可直接在场景中产生立体的模型。

3.1.1 创建绘画效果

Maya 提供了大量的笔刷，"Paint Effects"所使用的笔刷，有一部分在顶部的"shelf"里面，还有更多的一部分在"Window"→"General Editors"→"Visor"（资源）下。在打开的窗口中选择"Paint Effects"选项卡，展开其下的目录就可以看到笔刷的预览效果，如图 3-1 所示。

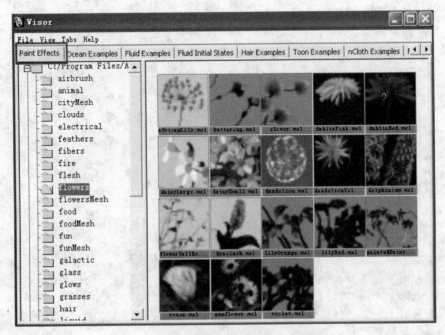

图 3-1 笔刷库

在"Visor"窗口内单击任意一款笔刷，鼠标即可变为铅笔的形状，笔尖处还有一个红色图标，按住【B】键，然后单击鼠标并拖动可以改变笔刷的大小。调整好尺寸后，在视图中单击鼠标并拖动，随着鼠标的移动，模型就会出现在视窗中，同时还会出现鼠标的行进路径。以线框方式显示时，不仅可以通过拖动鼠标绘画，还可以为已有曲线添加绘画效果。

1）执行"Create"→"Pencil Curve Tool"（铅笔曲线工具）命令，在场景中任意绘制一条曲线。

提示：绘制出的模型间隔与"CV"点的多少有关。

2）选择曲线，然后在"Visor"窗口中选择一款笔刷，这里使用"Flowers"目录下的"daisyLarge.mel"，按【F6】键进入"Rendering"模块，在视图中右击，鼠标变为铅笔图标后调整笔刷大小，然后执行"Paint Effects"→"Curve Utilities"（曲线效用）→"Attach Brush to Curves"（结合笔刷至曲线）命令。

3）笔刷被结合到曲线，但很可能有些模型上下颠倒，如图 3-2（左）所示，选择笔触（场景中的花），按【Ctrl+A】组合键打开属性窗口，选择"strokeShape"选项卡，展开"Normal Direction"卷展栏，选择"Use Normal"复选框，并根据需要调整数值，结果如图 3-2（右）所示。

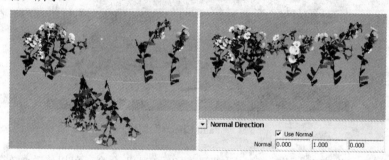

图 3-2　调整笔触方向

3.1.2　在 2D 画布和 3D 物体上绘画

执行"Window"→"Paint Effects"命令或在任意视窗中按【8】键可以打开"Paint Effects"窗口，如图 3-3 所示。"Paint Effects"窗口图标及作用见下表。在打开的窗口中执行"Paint"→"Paint Scene"命令，在三维场景中绘画，执行"Paint"→"Paint Canvas"命令，在 2D 画布上绘画。

表　"Paint Effects"窗口图标及作用

图　标	作　用
✏	删除所有笔触
▨	显示 RGB 通道
◗	显示 Alpha 通道
1:1	1：1 显示
📷	将当前显示以快照进行保存

图　标	作　用
	编辑笔刷
	选择笔刷
	开启后，每画一笔都会自动保存当前画面效果
	水平循环，当笔触超过画布水平边缘时，会由另一侧继续该笔触
	垂直循环，当笔触超过画布垂直边缘时，会由另一侧继续该笔触
	生成管道，取消状态下笔触会以简单几何形体及大概颜色显示，开启以精细显示
	翻转管道，当前画笔在沿路径与沿法线间翻转
	刷新，当在三维场景中绘画时出现该按钮

图 3-3　"Paint Effects"窗口

在"Paint Effects"窗口中执行"Canvas"→"Set Size"命令，可以修改画布尺寸，默认情况下，在该面板上还有两个色块，"C"字母右侧色块控制颜色，"T"字母右侧的色块控制透明度的变化，甚至可以使用它来绘画，如果使用绘图板就会发现许多笔刷都有对压力的反应。

使用"Paint Scene"和"Paint Canvas"命令，会使菜单内容产生变化，当使用"Paint Scene"命令时"Resolution"（分辨率）被激活，可以在其下设置显示的分辨率，较低分辨率有利于浏览及制作的速度。

"Paint Effects"笔刷能够绘制在模型上，这种方式可以用来制作石头上的青苔、草或者人的眉毛、胡须等效果。

在场景中创建一个"Polygons"或"NURBS"模型并选择，执行"Paint Effects"→"Make Paintable"（能够绘画）命令，然后还要选择"Paint Effects"→"Paint on Paintable Objects"（在能够绘画的物体上绘画）命令，在模型上绘画，笔触自动吸附到模型上，如图 3-4（左）所示。"Paint Effects"绘画在模型的法线方向，反转法线会使笔触向模型内部翻转，如图 3-4（右）所示。"Paint on View Plane"（在可视平面上绘画）的作用是在默认的视窗平面上绘画。

在为模型绘制贴图时，也可以使用"Paint Effects"制作，如制作表皮有毛发的生物，在为它制作毛发前可以先在贴图上绘制一层毛，当透过毛发露出模型时不易看出问题。如果该模型没有近镜头，不需要着力渲染，可以直接使用"Paint Effects"为它绘制的贴图，不必使用毛发模块，提高工作效率，节省工作的成本。按【F6】键进入"Rendering"模块，执行"Texturing"→"3D Paint Tool"命令，在打开的窗口中查看如图 3-5 所示的"Paint Effects"工具。

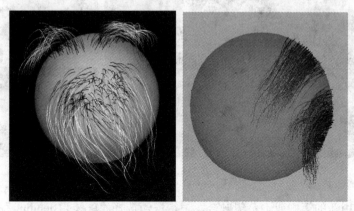

图 3-4　在三维模型表面绘画

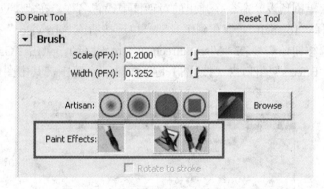

图 3-5　在绘制贴图使用"Paint Effects"

3.1.3　创建和应用笔刷的设置

1. 创建笔刷

Maya 提供了大量笔刷的同时还允许用户用多个笔刷组合成一个笔刷，创造奇妙的效果。

1）执行"Window"→"General Editors"→"Visor"命令，在打开的窗口中单击"Paint Effects"选项卡下"flowers"目录下的"daisySmall.mel"笔刷，然后展开"electrical"目录，在"goldSparks.mel"笔刷上右击，在弹出的快捷菜单中选择"Blend Brush 50%"（融合笔刷 50%）命令，完成后在视图中绘画，结果如图 3-6（左）所示，新的笔刷结合了两个源笔刷的内容——一种带有闪电效果及另一种笔刷外形的新植物。

2）在"Visor"在窗口中单击"Paint Effects"选项卡下"flowers"目录下的"africanLily.mel"笔刷，然后按【F6】键进入"Rendering"模块，执行"Paint Effects"→"Preset Blending"（融合预设）命令，在打开的窗口中修改"Shading"数值为 100，"Shape"数值为 0，这样的设置使先选择的笔刷使用后选择笔刷的材质，而不改变自己的形态，打开

"electrical"目录单击"goldSparks.mel"笔刷，在场景中绘画结果，如图3-6（右）所示。

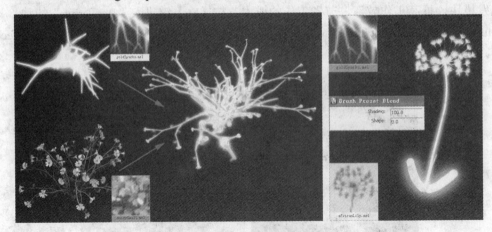

图3-6　融合笔触效果

如果需要使用新的笔刷或不希望融合，记得取消选择"Preset Blending"复选框。

3）如果对笔刷设置很满意并希望能够在以后继续应用，执行"Paint Effects"→"Save Brush Preset"（保存笔刷预设）命令在弹出的对话框中设置名称，在"SaveBrush Preset"（存储预设）对话框选择"To shelf"（保存到工具架）单选按钮或"To visor"单选按钮，如果选择"To visor"单选按钮还需要在"Visor directory"设置路径。点击"Grab Icon"（抓取图标）按钮在"Paint Effects"窗口内（按【8】键）框选一个范围，其中图像将作为图标，如图3-7所示。

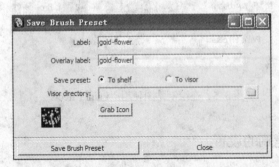

图3-7　存储笔刷

2. 应用设置

在场景中使用任意两种不同的"Paint Effects"笔刷绘画，如图3-8（左）所示，选择场景中的任意笔触，执行"Paint Effects"→"Get Setting From Selected Stroke"（由选择笔触得到设置）命令，再选择另一笔触，执行"Apply Setting to Selected Stroke"（对选择笔触应用设置）命令，结果如图3-8（右）所示。

3.1.4　笔刷属性

"Paint Effects"笔触属性繁杂，但并不难理解，在这里仅对属性栏介绍，属性栏内部的参数通过实例说明，在场景中使用笔刷任意绘制，这里选择"Visor"窗口的"grasses"卷展栏下的"grassWindNarrow.mel"笔刷。创建完成后按【Ctrl+A】组合键,打开属性窗口,如图 3-9 所示。

图 3-8　将笔触应用于不同的另一组绘画效果

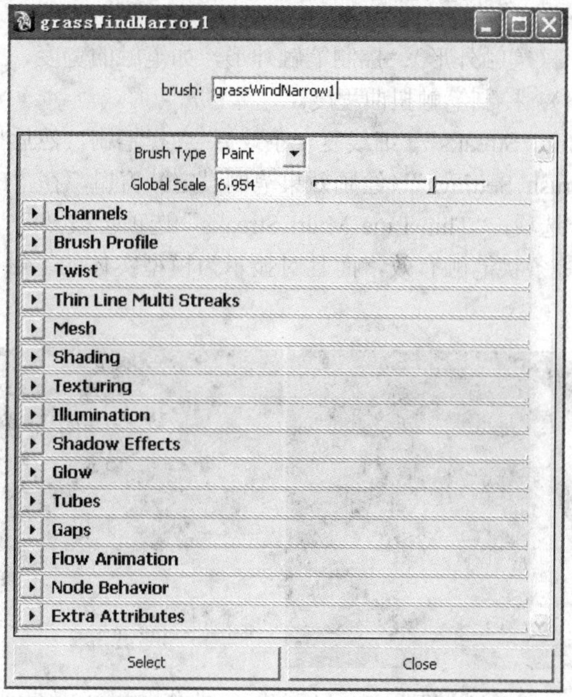

图 3-9　笔触属性

1)"Brush Type"(笔刷类型):指定 6 种绘画的方式,分别是"Paint"(绘画)、"Smear"(涂抹)、"Blur"(模糊)、"Erase"(擦除)、"ThinLine"(淡线)和"Mesh"(网格)。

选择一款笔刷后,执行"Paint Effects"→"Template Brush Settings"(设置笔刷模板)命令,可以对该笔刷进行预设,如果设置完笔刷的参数后,觉得不满意,可以执行"Paint Effects"→"Reset Template Brush"(重置笔刷模板)命令。

2)"Global Scale"(整体缩放):控制笔刷的整体尺寸。

3)"Channels"(通道):控制渲染图像是否使用某通道,如图 3-10 所示,通道是否创建会对渲染图像的颜色产生影响。

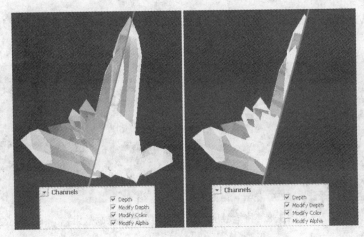

图 3-10　控制渲染图像是否使用通道

4）"Brush Profile"（笔触外形）：控制笔触外形，如笔触的宽度、柔和度等。

5）"Twist"（扭曲）：控制笔触扭曲程度。

6）"Thin Line Multi Streaks"（细线复合条纹）：选择笔刷，然后按【Ctrl+B】组合键，打开"Paint Effects Brush Settings"（绘画效果笔刷设定）窗口，在"Brush Type"下拉列表框中选择"ThinLine"选项，"Thin Line Multi Streaks"选项会被激活，使用这种方式创建的笔触不仅对火焰、草等条状笔触有效，而且对显示为模型实体的笔触同样有效，如图 3-11 所示。

图 3-11　"Thin Line Multi Streaks"作用于笔触效果

7）"Mesh"（网格）：控制实体笔刷的相关参数，内部调整项变化与创建时是否使用"Brush Type"下拉列表框的"Mesh"选项有关。"Paint Effects"的笔刷有时适合"Mesh"创建，有时适合其他方式创建，在使用中可以参考"Maya"的默认设置，如图 3-12 所示，使用相同的两个笔触，左图使用"Mesh"创建，右图使用"paint"创建，壶的效果左面比右面好，花的效果右面比左面好。

8）"Shading"（明暗变化）：设置笔触材质的颜色、自发光和透明等参数。

9）"Texturing"（纹理）：设置在笔触上如何使用贴图。

10）"Illumination"（照明）：设置笔触的照明效果。

11）"Shadow Effects"（阴影特效）：设置笔触阴影效果。

图 3-12　不同笔刷使用"Mesh"的笔触效果

12）"Glow"（辉光）：设置辉光。

13）"Tubes"（管）：设置管状笔触的参数。

14）"Gaps"（间隔）：控制有间隔的笔触效果。如图 3-13 所示调整喷泉笔刷，使其断续喷射水流，还可以对雨笔刷应用这个参数，制作比较自然的效果。

如果需要设置单体间笔触间隔，如树木之间、房屋之间的间隔，则需要调整"Tubes"→"Creation"（创造）→"Tubes Per Step"（管每步幅）参数，如图 3-14 所示。

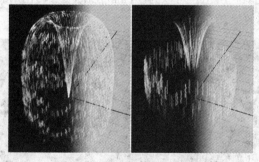

图 3-13　调整喷泉笔刷的"Gaps"参数得到断续喷射效果

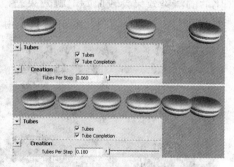

图 3-14　调整单体间的间隔

15）"Flow Animation"（流动画）：设置笔触动画属性。

3.1.5　"Paint Effects"的转换

"Paint Effects"笔刷丰富多样，相当于一个简单的模型库，Maya 提供了将"Paint Effects"笔触转化为模型的工具。使用笔刷在场景中绘制笔触，选择笔触，执行"Modify"→"Convert"（转换）→"Paint Effects to Polygons/NURBS/Curves"命令，这里执行"Paint Effects to Polygons"的 □，打开设置窗口，如图 3-15 所示。

1）"Vertex color mode"（点颜色模式）：设置转换后使用何种方法设置点颜色。

2）"Quad output"（输出四边形）：取消复选框选择会创建三角面，选择复选框后创建四边面。

3）"Hide strokes"（隐藏笔触）：转换为多边形后，原笔触是否隐藏。

4）"Poly Limit"（多边形限制）：规定转换成"Poly"后的最大限制数值，如果笔触很复杂，通过设置这个参数控制最终转化为多边形物体后的精度。

将笔触转化为多边形物体，Maya 不会自动删除此笔触，打开 "Outliner" 窗口，可以删除笔触和曲线，如还需继续使用笔触，选择笔触，现在笔触不在视窗中显示，但其 "Visibility" 属性仍为 "on"，选择笔触执行 "Display" → "Show" → "Show Selection" 命令，就可在视窗中显示它，如图 3-16 所示。

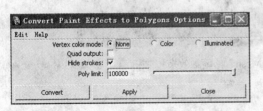

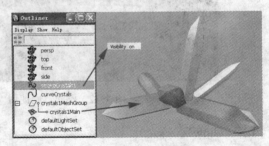

图 3-15　将 "Paint Effects" 转换为 "Polygons"　　图 3-16　在大纲中查看 "Paint Effects" 和 "Polygons"

将 "Paint Effects" 转化为 "NURBS/Curves" 很简单，只要选择 "Hide strokes" 复选项即可。

大多情况下，将 "Paint Effects" 转化为其他模型会使贴图或形态发生一些变化，而且转化后的渲染效果会较原始笔触效果差，如图 3-17 所示。可以为 "Paint Effects" 转化来的模型调整 UV、绘制贴图及编辑材质等得到好的效果。

图 3-17　转成 Polygon 后的模型与原笔触渲染效果的对比

"Paint Effects" 是一种后期效果，在场景中创建一些多边形模型，然后使用笔刷随意绘画一些笔触，单击 "渲染" 按钮，就会发现当多边形模型渲染完成后，笔触渲染效果才会突然出现。

3.2　实例制作——生长的植物

使用 "Paint Effects" 制作植物从无到有的生长动画。

1）在场景中创建一个简单的花盆和泥土模型，如图 3-18 所示。

2）按【F6】键进入 "Rendering" 模块，选择泥土执行 "Paint Effects" → "Make Paintable" 命令，确保 "Paint on Paintable Objects" 为选择状态，执行 "Paint Effects" → "Get Brush" 命令，在打开的 "Visor" 窗口中展开 "Flowers" 卷展栏，选择 "sunflower.mel"

图 3-18　创建花盆模型

笔刷，调整笔刷大小，在泥土模型上任意绘制，结果如图 3-19 所示。完成后如需再次修改大小则选择笔触按【Ctrl+A】组合键在"sunflower"选项卡下修改"Global Scale"数值设置笔触尺寸。

这步操作可以先选择泥土模型，然后单击视窗顶部的 ◯ 按钮，在泥土模型上绘制曲线后再将"sunflower.mel"笔刷结合到曲线上。

图 3-19　使用笔刷创建植物

3）选择笔触，按【Ctrl+A】组合键，打开属性设置窗口，选择"strokeShapeSunflower"选项卡，设置"Sample Density"（取样密度）为 1.7，增加花的密度，修改"Seed"（种子）数值，使花达到需要的效果。

在场景中创建一个平面作为地面，为花打光，当前效果如图 3-20 所示。

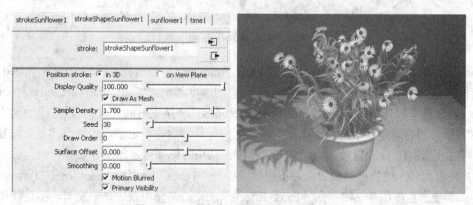

图 3-20　调整笔触形节点属性并设置光源

4）在"Sunflower"选项卡下展开"Tubes"卷展栏下的"Growth"（生长）卷展栏，里面列出了"Branches"（分枝）、"Twigs"（末梢）、"Leaves"（叶子）、"Flower"（花）和"Buds"（蓓蕾）5 个复选框。选择某项将会在笔触上创建相应的结构，取消选择某个复选框，在笔触上去除相应的结构，如图 3-21 所示。只有在开启某项后，其下的详细控制属性才会被激活。

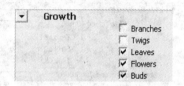

图 3-21　显示或隐藏元素

展开"Flower"卷展栏下的"Petal Curl"（花瓣卷曲）在这里可以对花瓣的颜色和形状

进行设定，这里的参数非常繁杂，但并不难理解。在任意视窗下按【8】键，打开"Paint Effects"窗口，在该窗口下执行"Paint"→"Paint Scene"命令，然后在"Camera"卷展栏切换至使用相机，单击"刷新"按钮可以快速地看到效果，它只对笔触进行着色，方便调整，如图 3-22 所示，调整了花的颜色。

图 3-22　调整花的颜色

5）修改整体时间约为 300 帧，展开"Flow Animation"卷展栏，设置"Flow Speed"（流动速度）数值为 0.4，该数值越大，笔触从无到有的速度越快。"Start time（seconds）"（开始时间（秒））设置笔触开始的时间。"End time（seconds）"（结束时间（秒））设置笔触消亡的时间，这对属性的时间是秒不是帧，在设定时需要将每秒帧数与设定数值相乘得到需要帧数。在这里不需要笔触消亡，设置较大数值使其大于动画结束时间即可，如图 3-23 所示。

6）播放动画，植物摆动的效果并不明显，展开"Tubes"→"Behavior"→"Turbulence"卷展栏，调整参数如图 3-24 所示。"Paint Effects"的动画是使用表达式来控制，不是使用动力学控制，因此，能够随意拖动时间滑块，速度也比较快。

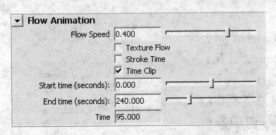

图 3-23　设置植物从无到有的生长动画

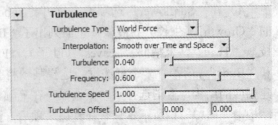

图 3-24　为植物添加风的效果

7）为了表现气氛还希望能够仅在花瓣上加上光晕的效果，打开"Hypershade"窗口，发现没有"Paint Effects"的材质，因此，要使用其他方法来实现。

　　将文件做好备份（两份文件必须使用相同的设置、相机位置等，因此，在备份前要把相关设置做好。设置存储名为"FlowerColor.mb"和"FlowerAlpha.mb"），打开"FlowerAlpha.mb"文件，选择笔触，按【Ctrl+A】组合键打开属性，将"Shading"卷展栏的颜色及属性均设置为 0，即代表黑色。（在这里有个小问题："Shading"卷展栏的"Color1"将颜色设置为黑色后，每次改变时间或重新选择都会变成白色，因此，为它设置一个很小的数值，如：0.001）

　　展开"Tubes"→"Growth"→"Leaves"→"Leaf Curl"（叶子卷曲）卷展栏对其属性执行相同的操作，如图 3-25（左）所示。

　　选择花盆、泥土和地面物体，为它们赋予黑色的"Surface Shader"材质，将时间滑块向后拖，在有花出现的位置渲染图像，如图 3-25（中）所示。图 3-25（右）为没有添加和添加"Glow"效果的对比。

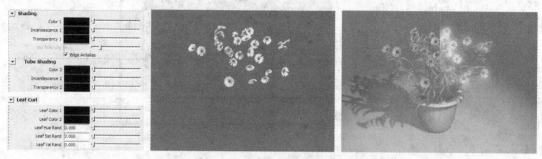

图 3-25　调整笔触形节点属性设置除花外其他元素为黑色为后期做准备

　　8）分别渲染两个文件，将两组图像序列导入后期软件中进行编辑，结果如图 3-26 所示。

图 3-26　经过后期增加花光晕后的动画

3.3 实例制作——沿路径生长的 Maya 的"Logo"

使用"Paint Effects"制作沿路径生长的 Maya 的"Logo"。

1）在本书中附带光盘"03-Painter effects"文件夹内打开"Maya-logo.mb"文件，如图 3-27 所示，这是一个已经制作完成的 Maya 的标志，选择任意曲线，执行"Window"→"General Editors"→"Visor"命令，展开"Glows"目录选择"neonYellow.mel"，然后执行"Paint Effects"→"Curve Utilities"→"Attach Brush to Curves"命令。

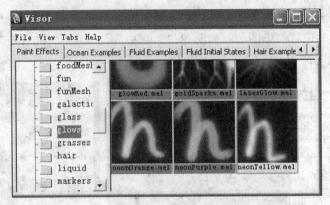

图 3-27　选择笔刷赋予曲线

2）笔触效果可能会出现如图 3-28（左）中圆圈所示的现象，并不影响渲染，如想调整可以在"strokeShape"选项卡下展开"Normal Direction"卷展栏，选择"Use Normal"复选框并设置"Normal"中 Z 坐标数值为 1，如图 3-28（右）所示。

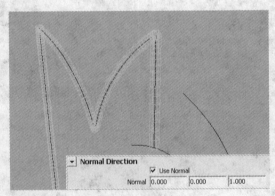

图 3-28　调整笔触

3）选择所有没有结合笔触的曲线，然后再次选择"neonYellow.mel"，将它结合到所有曲线上。

4）选择调整完成的笔触（这里是字母"M"的笔触）执行"Paint Effects"→"Get Settings from Selected Stroke"命令，然后选择所有没调整的曲线，执行"Paint Effects"→"Apply Settings to Selected Strokes"命令。

5）为了后面的动画制作，将所有笔触正常显示。选择所有笔触，执行"Window"→

"General Editors"→"Attribute Spread Sheet"命令，按照图 3-29（左）所示进行设置，完成后所有笔触正常显示，如图 3-29（右）所示。

图 3-29　快速调节所有笔触

6）选择字母 M 的笔触，按【Ctrl+A】组合键打开属性窗口，在"strokeShape"选项卡下展开"End Bounds"（末端范围）栏，将时间滑块拖到 1，设置"Min Clip"（最小修剪）数值为 0，"Max Clip"（最大修剪）数值为 0，并打一个关键帧，将时间滑块拖到 80 设置"Max Clip"数值为 1，并打一个关键帧，如图 3-30 所示。

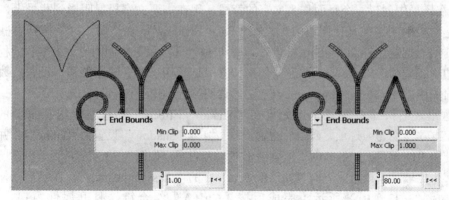

图 3-30　设置笔触动画

7）依次对所有字母笔触进行动画设置，在这个过程中，需要根据每个笔触运行方向的情况不同选择属性使用，如图 3-31 所示。

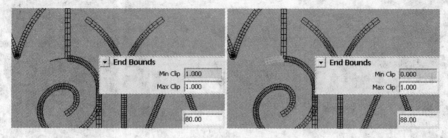

图 3-31　为所有笔触设置动画

8）选择所有的笔触，执行"Paint Effects"→"Share One Brush"（共享一个笔刷）命令，展开笔刷的属性设置，如图 3-32 所示。现在改变笔刷的属性，其他的笔触也会使用相同的设置，如果希望单独设置单个笔刷，执行"Paint Effects"→"Remove Brush Sharing"（移除笔刷共享）命令。

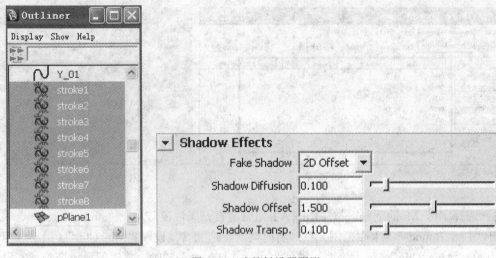

图 3-32　为笔触设置阴影

9）在场景中创建一个平面作为文字的背景。现在需要文字投射阴影到背景上，这里不是使用笔触投射阴影而是使用假阴影，在"Fake Shadow"（伪造阴影）下拉列表框中选择"2D Offset"选项；"Shadow Diffusion"（阴影扩散）选项用于控制阴影边缘柔和的程度，数值越大边缘越柔和；Shadow Offset"（阴影偏移）选项用于设置阴影偏移，设置负数可以向相反方向偏移；"Shadow Transparency"（阴影透明）选项用于控制阴影透明度。

在这里还有一个问题就是，如果在"Shadow Effects"卷展栏中选择下面的"Cast Shadows"（产生阴影）选项，（选择下拉列表框"Fake Shadow"设置为"None"），并为笔触打灯，使用"Depth Map Shadow"渲染后仍然没有阴影，如图 3-33（左）所示。在场景中使用一个产生比较具象模型的笔刷（如"flowers"下的"daisyLarge.mel"），在相机以外的位置绘画，如图 3-33（中）所示，完成后按【Ctrl+A】组合键，打开属性窗口，在它的"Shadow Effects"卷展栏下选择"Cast Shadows"选项，再次渲染，两个笔触都能产生阴影了，如图 3-33（右）所示。

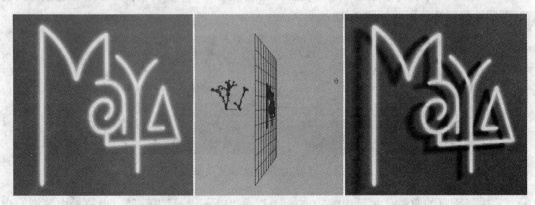

图 3-33　某些笔触无法产生阴影的解决办法

提示："Paint Effects"不支持"Ray Trace"阴影。

10）最终渲染的结果如图 3-34 所示。

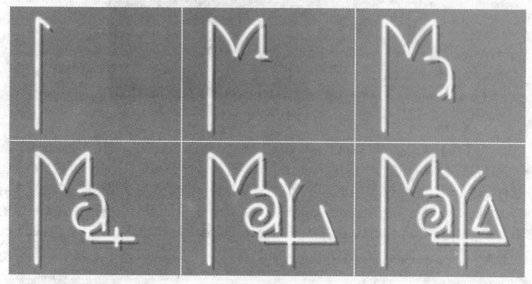

图 3-34　渲染动画

3.4　实例制作——自然场景

图 3-35 是国外一个乐队的专辑封套，以它为参考，使用"Paint Effects"制作类似的场景。

图 3-35　参考图

1）在场景中创建一个平面作为地面，使用变形工具将它做出起伏感，为地面设置简单的材质，如图 3-36 所示。

图 3-36　创建地面

2）按【F6】键，进入"Rendering"模块，执行"Paint Effects"→"Get Paintable"命令，在打开的"Visor"窗口中展开"trees"目录，选择"birchMedium.mel"，在场景中绘画一棵树，选择该笔触按【Ctrl+A】组合键，打开属性窗口，选择"birchMedium"选项卡后展开"Tubes"卷展栏，取消选择"Growth"下的"Leaves"复选框，使树变成没有叶子的形态。如果对树的形状不满意，选择"StrokeShapeBirchMedium"选项卡，调整"Seed"数值得到满意的形态，最后调整笔触尺寸，如图 3-37 所示。

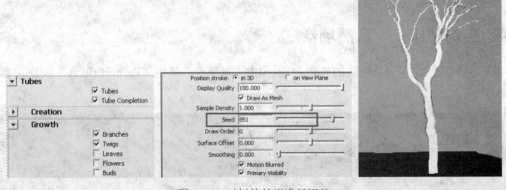

图 3-37　对树的外形进行调整

3）选择笔刷，执行"Paint Effects"→"Get Settings from Selected Stroke"命令，然后执行"Paint Effects"→"Paint Effects Tool"命令，在场景中依次绘制（每绘画一次产生一棵树木的方式利于调整位置），树木位置参考图 3-38（左）的排列方法：两侧树向中间的某个点延伸排列，然后对必要的位置进行补充。这种排列方式加强透视效果增加画面的进深感，如图 3-38（右）所示。如果要将两侧树木按照真实情况平行排列得到类似的透视效果，必须使用更多的笔触。

如果操作速度缓慢，选择"StrokeShapeBirchMedium"选项卡调整"Display Quality"（显示质量）数值，降低显示精度提高速度，在排列完成后，最好还是降低树木显示精度，这是由于还要设置其他笔触效果。

4）打开"Visor"窗口，展开"fire"目录选择"largeFlames.mel"笔刷在场景中绘制火焰，为了表现火焰形状，可以创建 2～4 个笔触，设置每个笔触的不同参数。

图 3-38 排列树木

5）展开"grasses"目录选择"straw.mel"笔刷，在场景中绘制杂草。绘制完成后，选择所有草的笔触，执行"Paint Effects"→"Share One Brush"命令调整"Global Scale"及"Sample Density"，展开"Shading"卷展栏，调整颜色，如图 3-39 所示。选择所有树木笔触，执行"Paint Effects"→"Share One Brush"命令，打开属性窗口，在"Shading"和"Texturing"卷展栏中设置笔触颜色，如图 3-40 所示。

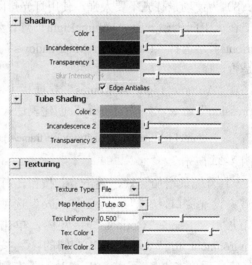

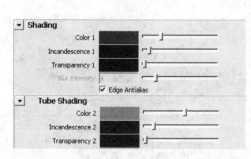

图 3-39 杂草颜色

图 3-40 树木颜色

6）在场景中创建一个"NURBS"球体并缩放，使场景被包在球体内。选择球体，按【Ctrl+A】组合键打开属性窗口，选择"nurbsSphereShape"选项卡，展开"Render Stats"卷展栏，按照图 3-41 所示进行设置。

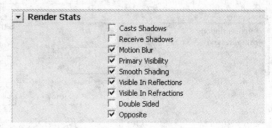

图 3-41 设置背景环境

7）打开"Hypershade"窗口，创建一个"Lambert"材质，将它赋予场景中的球体，使用两个"Ramp"节点分别控制颜色和自发光属性，如图3-42所示。选择"NURBS"球体，执行"Paint Effects"→"Make Paintable"命令，打开"Visor"窗口，展开"Clouds"目录选择"cumulus.mel"，在球体上绘制云，完成后选择所有云笔触执行"Paint Effects"→"Share One Brush"命令打开属性窗口，展开"Shading"卷展栏，调整"Color 1"和"Transparency 1"参数，如图3-43所示。

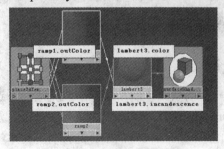
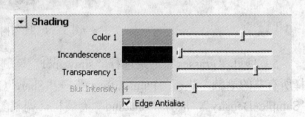

图3-42 设置天空材质　　　　　　　　　图3-43 设置笔触

8）为使场景打光不要太强，使用灯光排除等方法得到自己想要的效果。

在火中间创建一盏"VolumeLight"灯，依次展开"Shadows"→"Depth Map Shadow Attributes"，选择"Use Depth MapShadows"复选框产生阴影，如果没有产生阴影检查笔触项是否选择。

在"Volume Light Attributes"卷展栏中右击，在弹出的快捷菜单中选择"Create New Expression"命令，为"Intensity"创建表达式：

volumeLightShape1.intensity=noise(frame/4)+2

如图3-44所示。

9）为场景增加雾效，单击 按钮，打开渲染设置窗口，在"Maya Software"选项卡下展开"Render Options"卷展栏，单击"Environment fog"（环境雾）右侧的 按钮。完成后单击"environmentFogShape"右侧的 按钮，进入雾效的属性设置。在"Simple

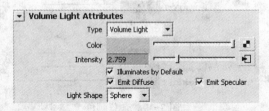

图3-44 设置火焰闪烁效果

Fog"（简单雾）卷展栏取消选择"Color Based Transparency"（透明基于颜色）复选框，选择该复选框，设置颜色较深的雾时会增加透明度，设置颜色较浅的雾时会降低透明度，在这里需要设置颜色较深的雾，但透明度不能太高，如图3-45所示。

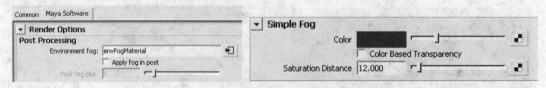

图3-45 设置环境雾效

10）在"Clipping Planes"（剪切面）卷展栏，设置"Fog Near/Far Distance"（雾近/远剪

切面）数值时可以使用距离工具测量出范围然后填入数值。近剪切面以内没有雾，远剪切面是雾达到最浓的时候，中间数值是指雾浓度的过渡，完成后调节"Saturation Distance"（饱和度距离）数值，得到需要的效果，如图 3-46 所示。

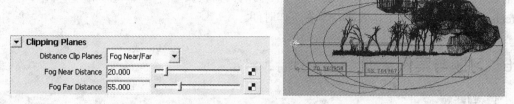

图 3-46　设置雾效范围

11）如图 3-47 为添加雾效和未添加雾效的场景对比。

图 3-47　添加雾效与未添加雾效的场景对比

12）渲染动画，结果如图 3-48 所示。

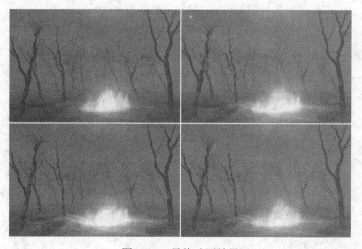

图 3-48　最终动画效果

3.5 任务小结

"Paint Effects"提供了很方便的创建动画、场景和特效的方式，但这种方式在镜头较近的情况下会暴露出许多瑕疵，不过这并不影响人们去使用它，在适当的情况下使用"Paint Effects"会极大地提高工作效率，节省工作时间。

3.6 习题与案例实训

1. 判断题

（1）Paint Effects 是一种后期特效。（　　）

（2）Paint Effects 无法创建透明通道。（　　）

2. 练习题

使用"Paint Effects"创建一个场景（包括霓虹灯、房屋、星空和植被等）。

第4章 制作毛发

4.1 毛发基本操作

"Fur"（毛发）不同于 Maya 的"Hair"（头发），毛发主要是用来模拟一些动物的皮毛效果等，也适合制作较短的头发，"Fur"同"Paint Effects"一样属于后期特效，在"Rendering"模块下而不是在"Dynamics"模块下，渲染时"Fur"是在主场景渲染完成后再叠加到图像上去。"Fur"属于插件，当启动 Maya 后，如果在"Rendering"下找不到"Fur"，需要自己加载。

执行"Window"→"Settings/Preferences"（设置/参数选择）→ "Plug-in Manager"（插件管理器）命令，在打开的窗口中选择"Fur.mll"的"Loaded"和"Auto load"复选框，进行加载，如图 4-1 所示。

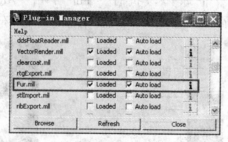

图 4-1 加载"Fur"插件

4.1.1 创建毛发

1. 添加毛发

1）在场景中创建一个"NURBS"或"Polygon"球体，按【F6】键切换到"Rendering"模块，选择该物体，执行"Fur"→"Attach Fur Description"（连接毛发描述）→"New"命令，在场景中的物体上面会出现许多白线，渲染如图 4-2 所示。由于没有进行详细的参数设定，效果显得比较粗糙。

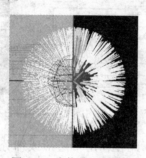

图 4-2 为物体添加毛发

2）Maya 为用户预设了一些毛发效果，以方便用户的使用，在场景中创建一个"NURBS"球体，选择顶部"Shelf"中的"Fur"选项卡，直接单击任一图标就会将该毛发预设加载到模型上，如图4-3所示。

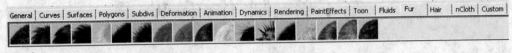

图 4-3　毛发预设

3）创建独立的毛发描述。执行"Fur"→"Fur Description（more）"（毛发描述（更多））→"Create Unattached"（创建独立）命令。

提示： 即使在选择物体的情况下执行此命令，在视图中也是没有反映的，还需要对该描述进行编辑，然后连接到物体上。

4）执行"Fur"→"Edit Fur Description"（编辑毛发描述）→"FurDescription1"（毛发描述）命令，可以选择并打开之前创建描述的属性窗口，为了区别默认毛发在"FurDescription"选项卡下修改"Base Color"和"Tip Color"颜色，如图4-4（左）所示。

5）在场景中创建一个球体，执行"Fur"→"Attach Fur Description"→"FurDescription1"命令，新的描述被连接到物体上，如图4-4（右）所示。

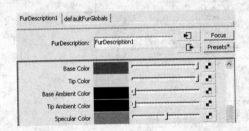 

图 4-4　创建新毛发描述并为物体应用该毛发描述

在同一表面上，可以应用多个描述，在该场景内再创建一个"FurDescription2"并修改参数，如图 4-5（左）所示，将"FurDescription2"连接到球体上，原有的毛发描述没有被替换，两个描述被应用于同一物体，如图4-5（右）所示。

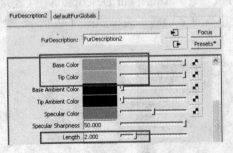 

图 4-5　在相同物体上添加不同毛发描述

毛发的生长和 UV 有关，因此在使用多边形或细分表面模型时，必须提前做好 UV 设置。

6）在场景中创建一个多边形平面，打开"UV Texture Editor"窗口，将它的 UV 分割，选择其中一块 UV，缩小并旋转 180°，然后移动使其超过边界一部分，如图 4-6（左）所示。在模型上创建毛发，UV 块小的一面毛发数量少，这是由于 UV 的疏密不同，UV 超出边界部分的模型表面不生成毛发，当调整毛发方向时，UV 的方向不同，因此毛发方向不同，如图 4-6（右）所示。

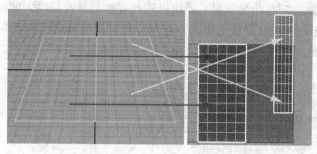 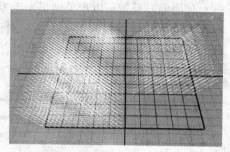

图 4-6 UV 对"Fur"的影响

7）毛发的方向由模型的法线方向决定。在场景中创建一个球体，删除一半创建毛发，然后翻转法线，毛发也随之翻转，如图 4-7 所示。

8）选择毛发所在曲面，执行"Fur"→"Reverse Fur Normals"（翻转毛发法线）命令，可以实现相同的效果，使"Fur"的方向与表面的法线方向相反。图 4-8 所示为法线朝外而毛发朝内。

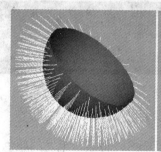  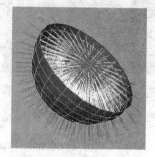

图 4-7 法线对 Fur 的影响　　　　　　　　　　　　　　图 4-8 翻转"Fur"的方向

2．删除毛发

要删除毛发可以在"Outliner"或场景中选择毛发，直接按【Delete】键将其删除，也可以执行"Fur Description（more）"→"Delete"命令，然后选择毛发的描述名称进行删除。

3．复制毛发

如果在场景中存在物体毛发效果基本相同但又有些小差别的情况，可以将毛发描述进行复制，然后将复制出的毛发描述按照要求编辑后赋给相应的物体，执行"Fur Description（more）"→"Duplicate"命令，然后选择需要复制的毛发描述名称即可。

4．断开和连接毛发

在场景中创建一个简单几何形体并为它连接毛发，执行"Fur Description（more）"→"Detach"命令，然后选择毛发描述名称，物体与该毛发连接被断开，表面没有毛发效果。

5．选择毛发所在面

在场景中创建两个不同的几何体并分别赋予不同的毛发描述，执行"Fur Description

（more）"→"Select Surfaces Attached to"（选择表面连接到）→（毛发描述名称）命令，根据选择的不同，毛发描述选择相应的表面。

4.1.2 毛发反馈

使用毛发反馈可以形象地显示毛发颜色、卷曲等效果，还可以控制显示数量及精度方便操作。这里仅控制视窗内的显示，对渲染结果没有任何影响。在场景中创建并选择几何形体，为其连接毛发，按【Ctrl+A】组合键，打开属性窗口。选择"FurFeedbackShape"（毛发反馈形节点）选项卡，如图4-9所示。

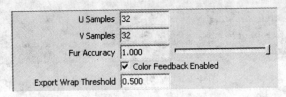

图 4-9　毛发反馈设置

1）"U/V Samples"（U/V 采样）：控制毛发在 UV 方向的显示数量，如图 4-10（左）所示，图 4-10（右）所示为渲染结果。

图 4-10　相同毛发使用不同的 UV 采样显示

2）"Fur Accuracy"（毛发精度）：控制毛发显示的精确度。

3）"Color Feedback Enabled"（颜色反馈可用）：选择该复选框，将显示毛发的颜色信息；取消选择，将不显示毛发颜色信息，如图4-11所示。

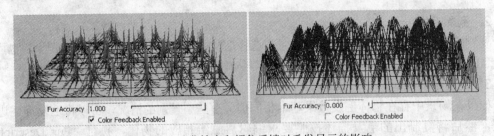

图 4-11　毛发精度和颜色反馈对毛发显示的影响

4.1.3 编辑毛发属性

在模型上应用默认的毛发描述，选择毛发，按【Ctrl+A】组合键打开属性窗口，选择"FurDescription"选项卡，在这里列出了毛发的形态、灯光模式和密度等控制属性。

1. 灯光模式、密度、整体缩放

1）"Light Model"（灯光模式）：单击右侧的 ▾ 下拉按钮，在弹出的下拉列表框中列出了 4 种控制"Fur"渲染时受灯光影响的方式，如图 4-12 所示。

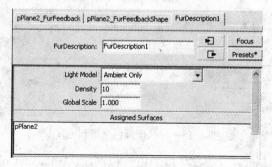

图 4-12　灯光影响毛发的方式和毛发的渲染密度整体缩放

- "Ambient Only"（仅环境色）：毛发在最终渲染时仅使用环境色，在后面属性介绍中将会提到用于控制环境色、高光色等参数设置。
- "Ambient + Diffuse"（环境色+漫反射）：渲染时使用根部环境色+根部颜色和顶部环境色+顶部颜色的方式。
- "Ambient + Diffuse + Specular"（环境色+漫反射+高光色）：在"Ambient + Diffuse"渲染方式基础上加入高光，这是 Maya 的默认设置。
- "Specular"（高光色）：仅渲染毛发的高光。

2）"Density"（密度）：控制毛发渲染时的数量，更改该数值不会对毛发的显示造成影响。

3）"Global Scale"（整体比例）：控制毛发的整体尺寸。

4）"Assigned Surfaces"（被指定表面）：显示与该毛发描述有关的模型。

2. 调节毛发形状、颜色等属性

1）"Base Color"（根部颜色）和"Tip Color"（顶部颜色）：控制毛发根部和顶部颜色，如图 4-13 所示。

单击"Tip Color"后面的 ▪ 按钮，在打开的"Create Render Node"窗口中单击"Ramp"纹理，使用该纹理对"Fur"顶部颜色进行控制，当前"Fur"的顶部颜色显示为黑色，渲染也是黑色，看不到任何效果，如图 4-14 所示。

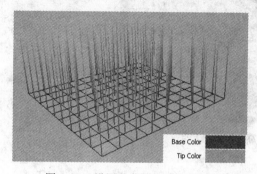

图 4-13　设置毛发顶部和底部颜色

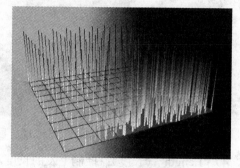

图 4-14　使用纹理控制颜色

单击"Bake Attribute"（烘焙属性）属性右侧的 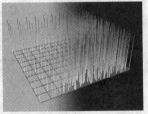 下拉按钮，在弹出的下拉列表框选择"Tip Color"选项，在"Map Width/Height"文本框中输入烘焙图像尺寸，单击右侧"Bake"按钮，结果如图4-15（右）所示。

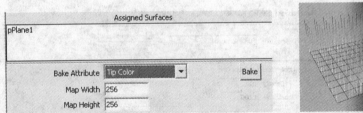

图4-15　将纹理颜色烘焙到毛发

2）"Base Ambient Color"（根部环境颜色）和"Tip Ambient Color"（顶部环境颜色）：控制毛发根部和顶部环境颜色，如图4-16所示，使用相同的毛发颜色设置及不同的"Light Model"模式渲染，使用"Ambient Only"灯光模式时模型仅渲染环境色；使用"Ambient + Diffuse"灯光模式时通过叠加环境色和漫反射色得到黄色（光谱色：红+绿=黄）。

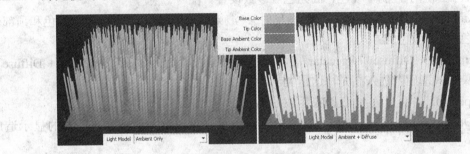

图4-16　灯光模式对渲染结果的影响

3）"Specular Color"（高光色）：控制毛发高光的颜色。"Specular Sharpness"（高光锐化）控制毛发高光的锐化程度，数值越大，高光面积越小。

在场景中创建一个球体，然后单击顶部"Shelf"窗口的"Duckling" 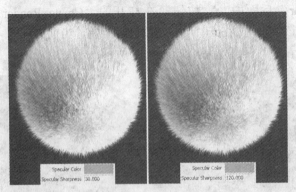 图标，为了观察设置高光色为紫色，调整参数渲染如图4-17所示。

图4-17　毛发高光锐化效果

4）"Length"（长度）：控制毛发的长度。

5）"Baldness"（光秃）：控制模型表面被毛发覆盖的程度，数值为1时，使用所有毛发覆盖，数值为 0 时表面没有毛发。

6）"Inclination"（倾斜）：控制毛发在模型表面的倾斜角度。默认为 0 表示垂直于模型表面。

"Roll"（转动）控制毛发沿 V 轴旋转的角度，值为 1 时表示+90°旋转，值为 0 时表示 −90°旋转，默认为 0.5 表示不旋转。

"Polar"（两极）：毛发围绕法线旋转，数值为 1 时表示+180°旋转，数值为 0 时表示 −180°旋转，默认为 0.5 表示不旋转。

在场景中创建一个"NURBS"平面，设置"Patches U"数值为 5，"Patches V"数值为 2，在其选择状态下执行"Display"→"NURBS"→"Surface Origins"（表面数据）命令，为模型应用默认的毛发描述。调整"U/V Samples"为较小的数值，适当调节毛发的长度，调整这 3 个属性数值，如图 4-18 所示。

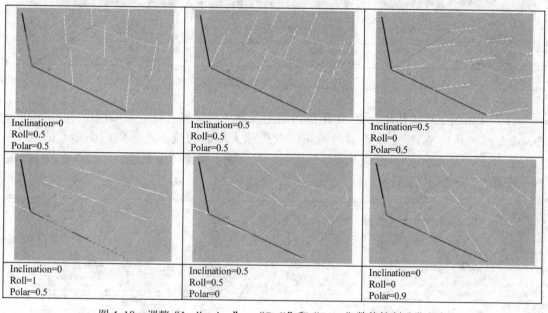

图 4-18　调整"Inclination"、"Roll"和"Polar"数值控制毛发方向

7）"Base Opacity"（根部不透明度）、"Tip Opacity"（顶部不透明度）：控制毛发根部和顶部不透明度，值为 0 完全透明，值为 1 完全不透明。

8）"Base Width"（根部宽度）和"Tip Width"（顶部宽度）：控制毛发根部和顶部宽度。

9）"Base Curl"（根部卷曲）和"Tip Curl"（顶部卷曲）：控制毛发根部和顶部卷曲的程度，可以输入-1～1 的数值，配合使用"Inclination"、"Roll"和"Polar"等参数使毛发向任意方向卷曲，如果卷曲后发现毛发不平滑，可适当增加下面的"Segments"（分段）数值，如图 4-19 所示。

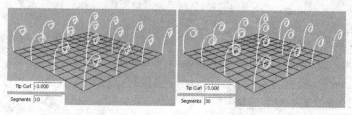

图 4-19　调整毛发卷曲及光滑程度

10）"Scraggle"（不规则）：控制毛发形态不规则的程度，数值越大变化越多，很像卷发或绵羊毛的效果。"Scraggle Frequency"（不规则率），控制毛发不规则弯曲的程度，数值越大弯曲弧度越小，数值越小弯曲弧度越大，为"Scraggle"设置大于 0 的数值后，将"Scraggle Frequency"数值设置为 0，会使毛发方向改变，这时"Scraggle"数值越大，毛发方向越不规则，如图 4-20 所示。"Scraggle Correlation"（不规则相关性）：控制毛发不规则性与其他毛发的相关性，数值为 0 时，每根毛发具有唯一的不规则性，数值为 1 时，以同样方式应用不规则性。

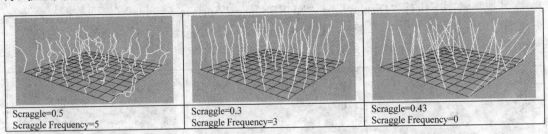

图 4-20　调整毛发不规则形状

11）"Clumping"（丛块）：一定距离内的毛发形成圆锥状丛块效果的程度。"Clumping Frequency"（丛块率）：丛块形成的数量，数值越大形成的越多，数值越小形成的越少。"Clum Shape"（丛形状）：形成丛块后的程度，数值越小圆锥体面积越小，数值越大，圆锥体面积越大，如图 4-21 所示。

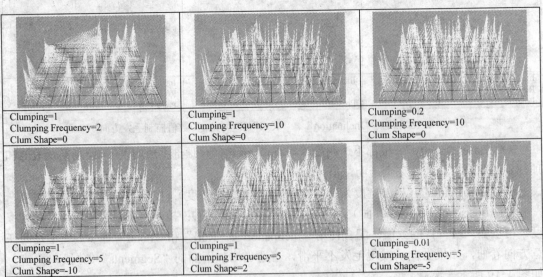

图 4-21　调整毛发丛块形状

12）"Segments"（分段）：控制毛发分段数，数值越高，毛发越光滑，当对毛发应用"Curl"、"Scraggle"等命令后，如毛发不够平滑可适当增加该数值。

13）"Attraction"（吸引力）：对毛发应用控制器时，控制吸引器吸引毛发的力度。数值为 0 时无吸引力，数值为 1 时完全吸引。

14）"Offest"（偏移）：控制毛发与所在表面的距离，默认数值为 0 毛发在模型表面，如

图 4-22 所示。

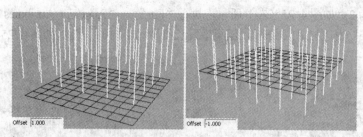

图 4-22　毛发偏移

3．绘画毛发属性

在制作毛发的过程中，不是所有毛发使用统一的数值，会有不同长度、光秃度等要求，这时需要使用贴图对相关属性进行控制。

选择毛发或毛发所在表面，执行"Fur"→"Paint Fur Attributes Tool"（绘画毛发属性工具）的 □，打开如图 4-23 所示的窗口。

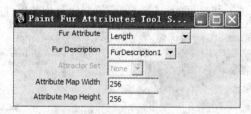

图 4-23　绘制毛发属性工具设置面板

"Fur Attribute"：单击右侧的 ▼ 下拉按钮，在弹出的下拉列表框中列出了之前介绍的毛发属性，选择需要控制的属性选项。

"Fur Description"：如果在该表面上有两个或两个以上的毛发描述，单击右侧的 ▼ 下拉按钮，可以在这里进行选择。

"Attractor Set"：如该表面的毛发使用了吸引器，单击右侧的 ▼ 下拉按钮，在弹出的下拉列表框中进行选择。

"Attributes Map Width/Height"：设置图像尺寸。

这里需要注意的是在没有展开"Details"（细节）卷展栏，设置相应属性的"Map Multiplier"（贴图倍增）数值情况下，在毛发"FurDescription"选项卡下的属性框内可以输入大于 1 的数值，可是在使用绘画工具控制毛发属性时其颜色 V 值是在 0～1 区间，V 值为 1 时表示图像明度最高数值就是白色，图像无法记录超过 0～1 区间的数值。使用"RGB"方式并设置数值输入为 0～255 时，Maya 计算时仍会转换为"HSV"方式，如图 4-24 所示。

虽然可以为 V 值输入超过 1 的数值，可在生成贴图时无法记录，因此在绘制贴图时，即使输入超过 1 的数值，Maya 仍会强制该数值为 1。

图 4-24　颜色设置

在场景中创建一个几何体并为它添加毛发描述，按【Ctrl+A】组合键打开属性窗口，设置"Length"数值为 2。如图 4-25（左）所示，执行"Fur"→"Paint Fur Attributes Tool"命令，并在"Fur Attribute"内选择"Length"，结果毛发长度变为 1 时的长度，如图 4-25（右）所示。

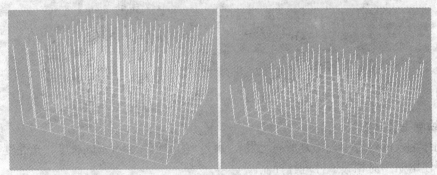

图 4-25　使用绘画控制属性前后毛发长度的变化

为毛发属性绘制贴图与绘画权重等方式相同。在绘画时展开"Display"卷展栏中选择"Color Feedback"（颜色反馈）复选框，可以看到颜色变化对相关属性的影响，如图 4-26 所示。

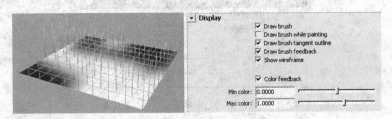

图 4-26　绘制毛发长度

当对绘画属性效果满意后依次展开"Attribute Maps"（属性贴图）→"Export"（导出）卷展栏，设置"Import value"（导出类型）为"Luminance"（亮度），设置文件格式、尺寸后单击"Export"按钮，存储贴图，如图 4-27 所示。

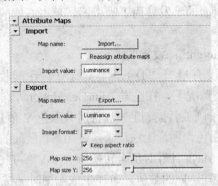

图 4-27　控制属性贴图的导入和导出

需要再次编辑该图像时，依次展开"Attribute Maps"（属性贴图）→"Import"（导入）卷展栏，单击"Import"（导入）按钮。

提示：将带有贴图控制毛发属性的 Maya 工程文件复制到另一项目文件夹时，将这些控制属性图片一起复制到新项目文件夹的相应位置。

4．详细控制属性

选择"FurDescription"选项卡，展开"Details"（细节）卷展栏，其中列出了更详细的有关毛发长度、颜色和卷曲等控制属性。

为毛发绘制"Length"贴图，完成后打开属性窗口，展开"Details"（细节）→"Length"卷展栏如图 4-28 所示。

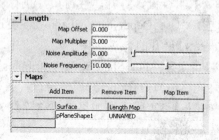

图 4-28　毛发细节控制

1）"Map Offset"（贴图偏移）：该数值相当于在属性数值上做加法（输入负数相当于做减法），每段毛发均增加相同的长度数值。

2）"Map Multiplier"（贴图倍增）：该数值相当于在属性数值上做乘法（输入小数相当于做除法），每段毛发均在现有长度上乘设定的数值得到最后的长度，如图 4-29 所示。

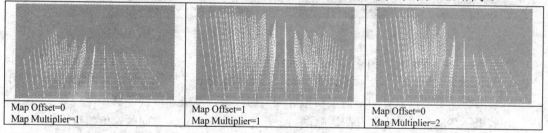

图 4-29　贴图倍增效果

3）"Noise Amplitude"（噪波振幅）：使所控制属性出现不规则变化，数值越大，变化越剧烈。

4）"Noise Frequency"（噪波频率）：控制"Noise Amplitude"频率。

在"Maps"卷展栏下单击相应的纹理再单击"Remove Item"（移除项目）按钮，可以删除纹理，单击"Map Item"（贴图项目）按钮，可以更换使用纹理。

编辑毛发描述，执行"Fur"→"Edit Fur Description"命令，然后在"Assigned Surfaces"卷展栏下选择需要添加到的曲面，如图 4-30 所示。展开"Details"下某属性的"Maps"栏，单击"Add Item"（添加项目）按钮，在打开的窗口中选择需要使用的贴图。其他的一些毛发属性细节设置与此操作相似。

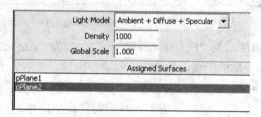

图 4-30　编辑添加毛发描述

4.1.4　为毛发添加阴影

为毛发增加阴影效果，可以使毛发看起来更加真实，毛发的阴影分为两种，一种是自动阴影，另一种是阴影贴图阴影。

1）在场景中创建几何形体并创建毛发，编辑毛发属性并为毛发设置灯光，如图 4-31 所示。选择聚光灯，按【Ctrl+A】组合键，打开属性窗口，执行 "Shadows" → "Depth Map Shadow Attributes" 命令，选择 "Use Depth Map Shadows" 复选框（此时该聚光灯的 "Fur Shading/Shadowing" 卷展栏是无法展开的）。

2）选择聚光灯，执行 "Fur" → "Fur Shadowing Attributes"（毛发阴影属性）→ "Add to Selected Light"（为所选灯光添加）命令，打开属性窗口，展开 "Fur Shading/Shadowing"（毛发明暗/阴影）卷展栏，如图 4-32 所示（如果需要移除灯光毛发阴影，执行 "Remove From Selected Light"（从所选灯光移除）命令）。

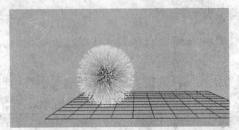

图 4-31　创建场景

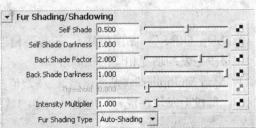

图 4-32　灯光毛发阴影控制

- 单击 "Fur Shading Type"（毛发明暗类型）右侧的 下拉按钮列出 3 种类型："No Shading"（无明暗）表示不产生阴影；"Auto-Shading"（自动明暗）表示渲染时使用自阴影，毛发以自身明暗效果模拟灯光阴影效果，渲染速度快能够产生较真实的阴影效果；"Shadow Maps"（阴影贴图）表示根据灯光位置、方向的深度信息产生阴影，此种类型效果最真实，渲染速度也最慢，如图 4-33 所示（"Shadow Maps" 只在光源为 "Spot Light" 时可用）。

图 4-33　为灯光设置不同 "Fur Shading Type" 效果

- "Self Shade"（自身明暗）："Fur Shading Type" 类型为 "Auto-Shading" 时被激活，该数值设置阴影距毛发根部的距离，数值为 0 时没有阴影，数值为 1 时整根毛发都有阴影。
- "Self Shade Darkness"（自身明暗暗度）："Fur Shading Type" 类型为 "Auto-Shading" 被激活，设置自阴影的暗度，数值为 0 时无阴影，使用毛发颜色，数值为 1 时使用黑色无毛发色，如图 4-34 所示。

图 4-34 "Self Shade"和"Self Shade Darkness"效果

- "Back Shade Factor"（背面明暗衰减）："Fur Shading Type"类型为"Auto-Shading"被激活，设置照亮和没有照亮毛发之间的衰减度，数值为 0 时无衰减，数值为 1 时慢速衰减，数值为 2 时自然衰减，数值为 3 时快速衰减。
- "Back Shade Darkness"（背面明暗暗度）："Fur Shading Type"类型为"Auto-Shading"被激活，设置背面阴影区暗度，数值为 0 时无阴影使用毛发颜色，数值为 1时使用黑色无毛发色，如图 4-35 所示。

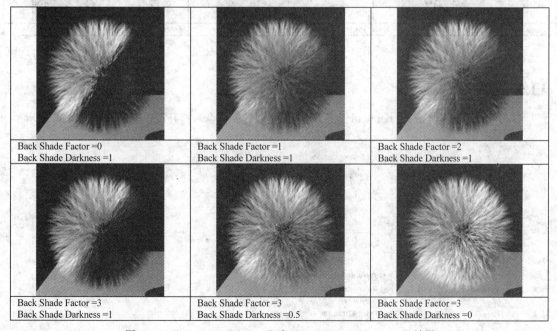

图 4-35 "Back Shade Factor"和"Back Shade Darkness"效果

● "Threshold"（极限）："Fur Shading Type"类型为"Shadow Maps"被激活，该数值用于阻止较细小毛发投射的阴影。数值为 0 时，无论毛发多细均投射阴影，数值越大阻止得越多；数值为 1 时不产生阴影。该属性数值在 0～1 之间时，在暗部的变化不十分明显，如图 4-36 所示。

图 4-36 "Threshold"效果

"Intensity Multiplier"（强度倍增）：所有"Fur Shading Type"类型均可使用，设置毛发上灯光的强度，数值为 0 时，不接受灯光，数值越大，灯光效果越强。默认数值为 1，即灯光正常照射毛发，如图 4-37 所示。

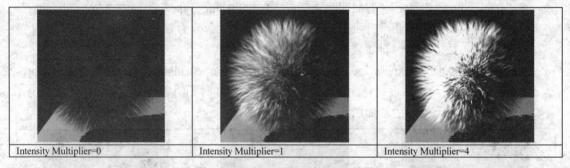

图 4-37 "Intensity Multiplier"效果

4.1.5 毛发的渲染

执行"Fur"→"Fur Render Settings"（毛发渲染设置）命令，打开设置窗口，如图 4-38 所示。

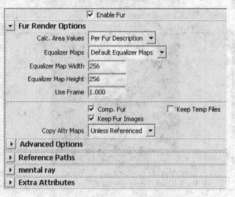

图 4-38 毛发渲染设置

"Enable Fur"（使毛发能够）：选择该复选框，能够渲染毛发，取消选择，则毛发不被渲染。

1."Fur Render Options"（毛发渲染参数）

1)"Calc.Area Values"（面积分布）：设置毛发在表面分布使用方案。

● "Off"（关闭）：应用同一毛发描述时每个表面会使用相同数量的毛发，如图 4-39 所示，两个表面面积不同，但使用相同的毛发描述，将"Calc Area Values"设置为"Off"，最后毛发数量是一致的。

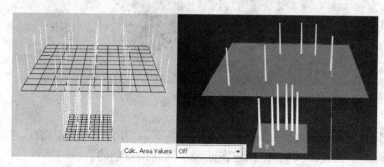

图 4-39　毛发在不同尺寸表面以同等数量分布

● "Globally"（全局）：在由多个面构成的模型上使用此选项，可以使毛发在多个面上均匀分布，每个表面上毛发的密度都是一致的，即使曲面使用的是不同的毛发描述。

● "Per Fur Description"（每毛发描述）：每个毛发使用各自的毛发描述不会互相影响，这是 Maya 的默认设置。

如图 4-40 所示，两种毛发分别应用不同的毛发描述，不同的毛发密度设置。两种毛发使用各自毛发描述的密度，渲染时左图使用"Per Fur Description"模式，右图为"Globally"模式。毛发在不同尺寸表面平均分布。

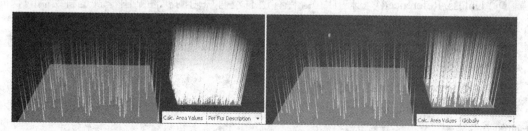

图 4-40　毛发分布

2)"Equalizer Maps"（平衡贴图）：控制毛发在表面上分布的情况，补偿由于参数不均匀所引起的毛发在曲面上的不均匀分布。

● "No Equalizer Maps"（不使用平衡贴图）：不使用平衡贴图，毛发按照曲面参数分布。

● "Default Equalizer Maps"（默认平衡贴图）：使用毛发自动创建的平衡贴图。

● "Custom Equalizer Maps"（定制平衡贴图）：使用之前创建好的平衡贴图。

在场景中创建简单几何形体应用毛发描述，执行"Fur"→"Paint Fur Attributes Tool"的 □，打开设置窗口，在"Fur Attribute"卷展栏中选择"Custom Equalizer"（平衡）选项，当前场景如图 4-41（左）所示。调节"Value"数值，将"Equalizer Map"描绘为如图 4-41（右）所示。调节毛发的长度等属性数值，对"Equalizer Map"描绘为黑色的部分均不起作用。在"Equalizer Maps"卷展栏中切换回"No Equalizer Maps"或"Default Equalizer Maps"，可以对原来涂黑的"Equalizer Maps"部分的毛发进行编辑（在操作过程中 Maya 会要求保存）。

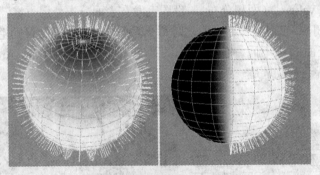

图 4-41　毛发平衡贴图

3）"Equalizer Map Width/Height"（平衡贴图宽/高）：指定平衡贴图的尺寸。

4）"Use Frame"（使用帧数）：指定在某帧平衡贴图被创建。

5）"Comp.Fur"：创建毛发和模型的合成图像，毛发和模型单独渲染，如取消选择此复选框，不会合成图像。

6）"Keep Temp Files"（存放临时文件）：在创建毛发图像过程中保留临时文件，如取消选择此复选框，在渲染结束时将清空临时文件。

7）"Keep Fur Images"（保存毛发文件）：保留渲染的毛发文件，当启用"Comp.Fur"复选框时，这些文件可用。这些文件在项目文档的"fur\furImages"内，这种图像只有毛发，没有模型。

8）"Copy Attr Maps"（复制属性贴图）：保存场景时 Maya 保存毛发贴图方式。

- "Unless Referenced"（未引用）：保存所有没有引用的属性贴图，就是新绘制的、尚未保存为图片的属性贴图。
- "Always"（总是）：保存所有控制毛发属性的贴图，包括已经存在的贴图。
- "Never"（从不）：不保存任何属性贴图。

2．"Advanced Options"（高级参数）

1）"Enable Fur Image Rendering"（使毛发能够渲染）：禁用此复选框将只渲染几何体和上面的毛发阴影。

2）"Enable Fur Shading/Shadowing"（使毛发能够渲染明暗/阴影）：禁用此复选框，即使为毛发连接了灯光投射阴影也没有效果。

3）"Disable Maya Rendering（Batch only）"（Maya 不渲染（批处理渲染可以））：如只需要渲染毛发，可以启用此复选框。

4）"Auto Back Shade Spolights"（聚光灯外自动变暗）：启用此复选框，将在远离聚光灯的面自动排除灯光的影响，该项默认是禁用的，如图 4-42 所示。

5）"Nurbs Tesselation"（曲面镶嵌）：如果 NURBS 表面与毛发之间存在缝隙，适当提高此数值。

6）"Fur Image Rendering"（毛发图像渲染）。

- "Hairs/Pixel"（头发/像素）：控制生成毛发影像的像素，数值越高，质量越好。

● "Use Fur Shading/Shadowing on Fur"（在毛发上使用阴影）：启用此复选框，则阴影能够投射在毛发上，取消选择此复选框，则阴影无法在毛发上投射，但仍然能投射在模型上。

图 4-42 "Auto Back Shade Spolights" 对渲染效果的影响

7）"Shadow Map Rendering"（阴影贴图渲染）。

"Hairs/Pixel"：控制生成毛发阴影的像素，数值越高，质量越好。

4.1.6 毛发的动画

较早版本的 Maya 使用骨骼系统作为吸引器，现在 Maya 使用"Hair"（头发）的动力学系统作为吸引器控制毛发的运动。

1. 连接和断开头发系统到毛发

1）在场景中创建一个球体，为它应用毛发描述，按【Ctrl+A】组合键打开属性窗口，调整"Fur Length"数值为 2。按【F5】键进入"Dynamics"模块，选择场景中的球体，执行"Hair"→"Create Hair"（创建头发）的 ▢，打开设置窗口。设置"Output"（输出）为"NURBS curves"，设置"Length"数值为 2，与 Fur 的长度相等，然后单击"Create Hairs"或"Apply"按钮，如图 4-43（左）所示。

2）按【F6】键进入"Rendering"模块，打开"Outliner"，选择"hairSystem"（头发系统），然后执行"Fur"→"Attach Hair System to Fur"（连接头发系统到毛发）→"FurDescription"命令，播放动画，如图 4-43（右）所示，毛发受曲线的控制自然下垂。

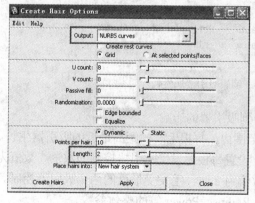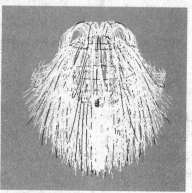

图 4-43 将 Hair 系统连接到毛发

3）Hair 的动力学系统内置了一些动力场，所以播放时没有添加场，也能够受重力影响自然下垂，如图 4-44 所示。关于"Hair"的动力学系统会在 Hair 中进行说明。

4）在"Outliner"中选择"hairSystem"，然后执行"Fur"→"Detach Hair System from Fur"（从毛发断开头发系统）→"FurDescription"命令，断开毛发与头发系统的连接关系。

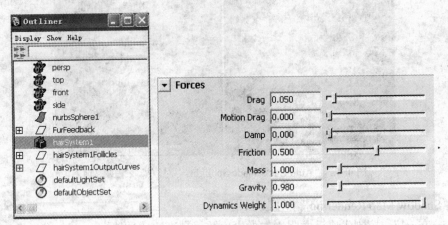

图 4-44 "Hair"系统

2．"Edit Curve Attractor Set"（编辑曲线吸引器设置）和"Delete Curve Attractor Set"（删除吸引器设置）

在场景中选择已与毛发建立连接的"hairSystem"，执行"Edit Curve Attractor Set"（编辑曲线吸引器设置）→"FurDescription"命令，打开属性窗口，如图 4-45 所示。

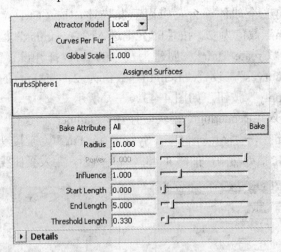

图 4-45 编辑吸引器属性

- "Local"（局部）：每根毛发都会受到吸引器的影响。
- "Global"（全局）：在指定半径的范围内，每根毛发向距离最近的吸引器生长。
- "Curves Per Fur"（曲线每毛发）：设置每根毛发受吸引器控制的数量。数值为 1 时，毛发受最近的 1 个吸引器控制；数值为 2 时，毛发受最近的两个吸引器控制。
- "Global Scale"（全局缩放）：调节 Radius、Power 等的整体参数。

- "Radius"（半径）：设置以曲线为圆心的影响范围半径，半径范围内的毛发受曲线的影响。
- "Power"（幂）：毛发影响的衰减，数值为 1 时毛发顶部受吸引器作用力大于毛发根部，数值为 0 时无衰减，所以毛发每个部分受吸引器作用力大小相同。
- "Influence"（影响力）：曲线控制毛发影响力的强度，数值越高，强度越大。
- "Start Length"（开始长度）：吸引器影响毛发初始长度。
- "End Length"（结束长度）：吸引器影响毛发最终长度。

图 4-46 所示为 Hair 影响长度对毛发的作用。

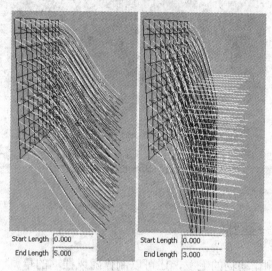

图 4-46　Hair 影响长度对毛发的作用

- "Threshold Length"（极限长度）：这个属性可以设置较长的毛发受吸引器影响，而较短的毛发不受吸引器的影响，毛发长度若小于这个属性设定数值不受影响。

要删除吸引器，执行"Fur"→"Delete Curve Attractor Set"（删除吸引器设置）→"Fur Description"命令即可。这并不会删除 hairSystem 或它的吸引曲线，仅是删除设置。删除后还可以再次使用"Attach Hair System to Fur"命令将毛发与头发系统建立连接。

该命令与"Detach Hair System from Fur"命令的区别是它会删除毛发曲线吸引器的设置，使用该命令后再使用"Attach Hair System to Fur"命令，建立连接时使用默认的毛发曲线吸引器设置；而"Detach Hair System from Fur"不会删除设置，所以再次建立连接时使用原有毛发曲线吸引器设置。

3．"Set Start Position to"（设置初始状态至）

1）为毛发添加头发动力场，播放一定时间动画后停止播放，按【F5】键进入"Dynamics"模块，在"Outliner"中选择"hairSystemOutputCurves"，打开属性窗口，执行"Hair"→"Set Start Position"（设置初始状态）→"From Current"（由当前）命令，结果如图 4-47（左）所示。

2）按【F6】键进入"Rendering"模块，在"Outliner"中选择"hairSystem"，执行"Fur"→"Set Start Position to"→"FurDescription"命令，效果如图 4-47（右）所示，毛发

和"hairSystem"的"NURBS"曲线会出现一些变化。

在步骤1）和2）中将时间线返回开始位置时，毛发及曲线都会保持在设定位置。

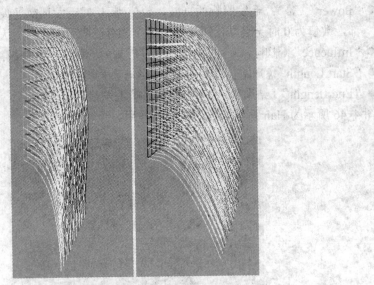

图 4-47　"Hair"影响长度对毛发的作用

4.2　实例制作——草地

Fur 不仅可以用来制作动物的毛发，还可以制作随风摆动的草。

1）在场景中创建一个多边形平面，修改"Scale X/Y"为 30，"Subdivisions Width/Height"为 30，它将作为生长草的地面，为它设置简单的材质，并利用变形工具制作出地面的高低起伏，如图 4-48 所示。

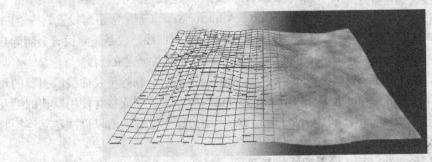

图 4-48　制作地面

2）选择地面，执行"Fur"→"Attach Fur Description"→"New"命令，选择"Fur"，按【Ctrl+A】组合键，打开属性设置窗口。在"FurDescription"选项卡下设置"Length"数值为 5，展开"Details"→"Length"卷展栏，为草的高度增加随机性，如图 4-49 所示。

提示：可以减小"U/V Samples"和"Fur Accuracy"数值，以降低显示数量和精度，提高运行速度。

3）在属性中修改"Base Color"为 H：100、S：0.6、V：0.2 ；"Tip Color"为 H：80、S：0.6、V：1；"Tip Opacity"为 0.8；"Base Width"为 0.1 ；"Tip Width"为 0.02 ；"Base Curl"为 0.6；"Tip Curl"为 0.8；"Scraggle"为 0.2；"Scraggle Frequebcy"为 4。

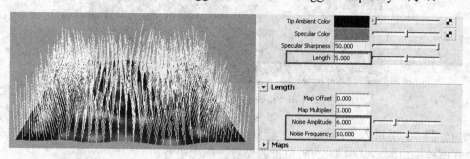

图 4-49　调整草的高度

在"Details"卷展栏中展开"Polar"、"Base Curl"和"Tip Curl"属性并设置随机性，如图 4-50（左）所示。设置"Density"数值为 5000，单击 ▣ 按钮渲染当前场景，如图 4-50（右）所示。

图 4-50　调整草属性随机性

4）为了提高渲染效果，创建"Spot Light"，在场景中调整光源位置和角度，在属性栏中修改"Cone Angle"、"Penumbra Angle"等数值，使其照射整个草地。

提示：选择"Spot Light"，执行"Panels"→"Look Through Selected"命令，以方便调整灯光。

5）选择灯光，执行"Fur"→"Fur Shadowing Attributes"→"Add to Selected Light"命令，然后按【Ctrl+A】组合键，打开灯光属性，展开"Shadows"→"Depth Map Shadow Attributes"卷展栏，选择"Use Depth Map Shadows"复选框，设置"Resolution"数值为 2048。为了增加阴影效果，将"Shadow Color"的"V"值设置为-0.4。

展开"Fur Shading/Shadowing"卷展栏，单击"Fur Shading Type"卷展栏右侧的 ▾ 下拉按钮，在弹出的下拉列表框中选择"Shadow Maps"选项，渲染当前场景如图 4-51 所示。对草的颜色、形态和灯光等的设置就进行到这里，用户也可以继续为它增加更多的细节。下面将对草进行动画设置。

图 4-51　使用"Spot Light"光源投射阴影的效果

6）按【F5】键进入"Dynamics"模块。选择地面，执行"Hair"→"Create Hair"的
□，打开属性窗口，按照图 4-52 所示设置参数，创建头发。

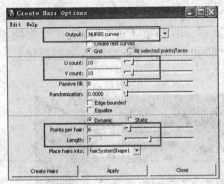

图 4-52　在平面上创建头发

7）打开"Outliner"，选择"hairSystem"，执行"Fur"→"Attach Hair System to Fur"→
"FurDescription"命令，将头发系统与毛发连接。

8）按【F5】键，进入"Dynamics"模块，在"Outliner"中选择"hairSystem"，执行
"Fields"→"Air"的 □，打开属性窗口，单击"Wind"按钮后按照图 4-53 进行设置。可
以为"Magnitude"属性设置表达式，设置风的强弱变化，之前已多次使用，不再详述。

9）选择"hairSystem"，按【Ctrl+A】组合键打开属性窗口，在"hairSystemShape"选项卡
下展开"Turbulence"卷展栏，设置"Intensity"数值为 0.3（也可以对"hairSystem"应用
"Fields"下的"Turbulence"场），如图 4-54 所示。

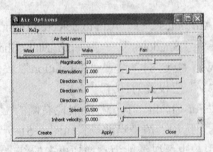
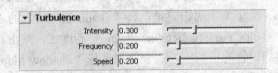

图 4-53　为草添加 Air 场　　　　　　　　　图 4-54　为草添加震荡效果

10）渲染结果如图 4-55 所示。

图 4-55　Fur 制作的草在风中摇摆

4.3　实例制作——角色毛发

使用"Fur"制作角色的短发，主要使用笔刷工具为"Fur"的相关属性绘制贴图进行控制。在这个实例中，单独创建了"NURBS"头皮。如果需要在这个模型上直接创建毛发，需要重新制作 UV。

1）在本书附带光盘的"04-Fur"文件夹中找到"Boy.mb"文件并打开，这是一个准备好的多边形头部模型，如图 4-56（左）所示。现在需要为它制作一个"NURBS"曲面的头皮模型，选择模型，单击顶部的 ⟳ 按钮，执行"Create"→"EP Curve Tool"命令，在模型表面绘制曲线，如图 4-56（右）所示，绘制一半即可。

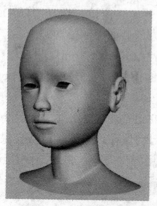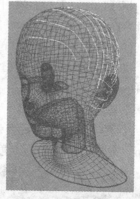

图 4-56　在头部模型上绘制用于制作头皮的曲线

2）选择所有绘制的曲线，按【F4】键，进入"Surface"模块，执行"Edit Curves"→"Rebuild Curve"（重建曲线）的 ❑，在打开的窗口中设置"Number of spans"（跨度数）为 8，单击"Rebuild"按钮，如图 4-57 所示。

3）依次选择所有曲线，执行"Surfaces"→"Loft"命令，生成曲面，选择该曲面，按【Ctrl+D】组合键进行复制。选择复制的曲面，设置"Scale X"为-1，把它镜像至另一侧，分别在两个曲面上右击，在弹出的快捷菜单中选择如图 4-58 所示的两个曲面的"Isoparm"，然后执行"Edit NURBS"→"Attach Surfaces"的 ❑，在打开的窗口中取消选择"Keep originals"（保持原物）复选框，单击"Attach"按钮得到一个完整的头皮，如图 4-58 所示。

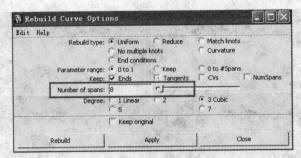

图 4-57　修改曲线跨度数使每条曲线拥有相同的点数

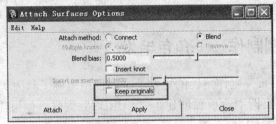

图 4-58　制作头皮模型

4）将人物模型和头皮模型分别放置于不同的层便于管理。按【F6】键进入"Rendering"模块，选择头皮模型，执行"Fur"→"Attach Fur Description"→"New"命令，添加毛发描述。

5）选择"Fur"，按【Ctrl+A】组合键打开属性窗口，选择"FurDescription"选项卡，设置"Base Color"和"Tip Color"颜色，以方便后面绘制贴图。

6）选择毛发，执行"Fur"→"Paint Fur Attributes Tool"的 ⬚，在打开的窗口中单击Fur Attribute 右侧的 ⬛ 下拉按钮，在弹出的下拉列表框中选择"Length"选项，并设置"Attribute Map Width/Height"数值。

7）选择"Display"卷展栏内的"Color feedback"复选框，然后绘画毛发的长度属性贴图，如图 4-59 所示（保存文件时 Maya 会自动保存该贴图，默认会保存在当前项目文档的"Fur"→"furAttrMap"文件夹下。也可以使用导出命令，将贴图保存到指定的路径下）。

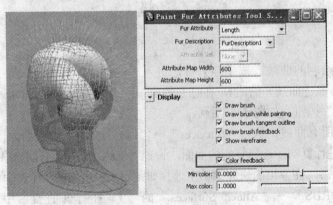

图 4-59　绘制毛发长度贴图

8）调整 Inclination、Base Curl 和 Tip Curl 参数，使大部分毛发沿正常方向倾斜弯曲，如图 4-60 所示。需要增加头发长度，在"FurDescription"选项卡下展开"Details"→"Length"卷展栏，增加"Map Multiplier"数值即可。

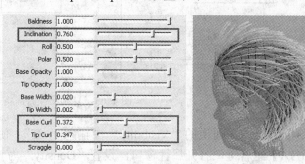

图 4-60　调整毛发形态

9）选择毛发，执行"Fur"→"Paint Fur Attributes Tool"命令，在打开的窗口中单击 Fur Attribute 右侧的 下拉按钮，在弹出的下拉列表框中选择"Direction"选项，使用笔刷仔细刷出毛发的走向。

刷毛发方向过程中可以同时制作"Inclination"、"Length"等属性的贴图，大致结果如图 4-61 所示，圆圈所示为一些毛发进入了身体，还需要继续调整。

提示：刷到头皮边界时，注意不要越过边界刷到头皮其他位置上，最好调整视角后再刷。

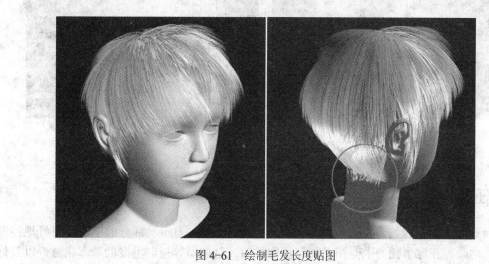

图 4-61　绘制毛发长度贴图

10）可以在"Fur Attribute"内选择"Baldness"或"Length"，将进入身体的毛发去除，这里使用"Tip Curl"使进入身体的毛发顶部翘起。

11）毛发属性由贴图控制时，展开"Details"→"由贴图控制的属性名称"→"Maps"卷展栏，在其中列出了贴图路径，如图 4-62 所示。

12）复制该文件至其他项目文档中打开时，记得将原项目文档下的"Fur"文件夹复制到使用的项目文档内，如图 4-63 所示。

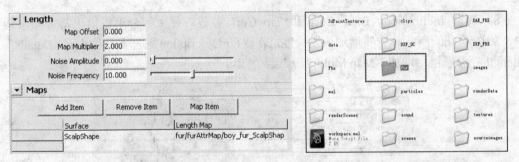

图 4-62　贴图路径　　　　　　　　　　图 4-63　复制文件时需将贴图复制至新的文档

13）选择"NURBS"头皮，在通道的"Visibility"中输入"off"，使它在渲染时不可见，选择毛发，按【Ctrl+A】组合键，打开属性窗口，设置"Density"为 6000～10000，调整"Tip Opacity"为 0.7，设置"Base Width"为 0.02，"Tip Width"为 0.002，适当增加一些属性的"Noise Amplitude"和"Noise Frequency"数值，使毛发不至于太死板，渲染结果如图 4-64 所示。

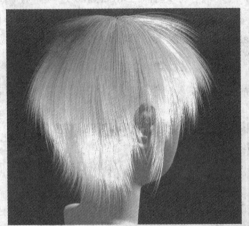

图 4-64　毛发渲染结果

4.4　任务小结

"Fur"与头发系统结合使它变得更加有效，通过后面"Hair"部分的学习将更好地控制"Fur"的动画，在这个任务中介绍了如何使用贴图、倍增器等控制毛发的基本属性，以及灯光与"Fur"的结合，使用"Fur"可以创建逼真的动物毛发及短发。

"Fur"同"Paint Effects"一样属于后期特效。

4.5　习题与案例实训

1．选择题

（1）使用（　　）类型的光源可以在"Fur Shading Type"（毛发明暗类型）卷展栏中为

"Fur"添加"Shadow Maps"（阴影贴图）。

      A．Point Light   B．Spot Light   C．Directional Light   D．Volume Light

（2）提高（　　）数值，可以使毛发更加光滑。

      A．Segments   B．Global Scale   C．Fur Accuracy   D．Density

2．判断题

（1）模型的"UV"影响"Fur"的分布。（　　　）

（2）调节"U/V Samples"（U/V 采样）设置渲染后"Fur"的数量。（　　　）

（3）在同一表面上，可以应用多个毛发描述。（　　　）

3．练习题

使用"Fur"制作网球或其他有绒毛效果的表面。

Pre... Shadow Map... C... Point Light

Point Light... B. Spot Dialt... C... Directional Light... D... Volume Light

(2) 当创建阴影贴图后...

A. Segment... D. Detail...

2. 阴影能...

(1) 渲染设置... 选项 Fur...

(2) ... by Sample... by V... H... V... Fur...

3. ...

第 5 章 制 作 头 发

5.1 头发基本操作

　　Hair 模块最主要的用途是制作长发，在没有 Hair 系统前，大量的角色使用柔体面片和贴图制作头发，或者直接给角色扣上一顶帽子，甚至可以设计为秃头来解决问题，Hair 模块的出现使这些问题迎刃而解。它使用动力学系统，可以与物体发生碰撞，受场的作用模拟现实中的运动，结合 Paint Effects 渲染出比较真实的头发。

　　因为 Hair 是普通的动力学曲线模拟，所以可以利用它方便地制作一些动画，如尾巴随运动摆动的效果、被风吹动的门帘或控制 Fur 的行为等。

5.1.1　在模型上创建并修改头发

1．使用设置窗口创建

　　在场景中创建一个 NURBS 或 Polygon 物体，按【F5】键切换到 "Dynamics"（动力学）模块，选择该物体，执行 "Hair" → "Create Hair" 的 口，打开设置窗口，如图 5-1 所示。

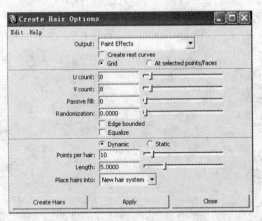

图 5-1　创建头发设置

　　1）点击 "Output"（输出）栏的 下拉按钮可以选择 3 种创建方式。

- Paint Effects：使用笔触效果创建，渲染该笔触为头发效果。
- NURBS curves：创建 NURBS 动力学曲线，可以在该曲线上应用 Paint Effects、在曲线间得到放样曲面或其他一些特殊需要。
- Paint Effects and NURBS curves：同时创建笔触和动力学曲线。

　　2）"Create rest curves"（创建静止曲线）：选择此复选框会在创建 Hair 的同时创建静止曲线，即 Hair 解算后的状态，默认为不创建该曲线。

3）"Grid"（格子）：默认选择该复选框，Hair 在创建时根据下面的"U count"（U 方向数）和"V count"（V 方向数）定义的数值创建

4）"At selected points/faces"（在选择的点或面）：在模型表面指定的点或面上创建 Hair。

创建一个 NURBS 物体，在物体上右击，选择"Surface Point"命令，配合使用【Shift】键在模型表面可以产生多个点。执行"Hair"→"Create Hair"的 ☐，打开设置窗口，选择"At selected points/faces"复选框创建 Hair，结果如图 5-2 所示。

创建多边形物体，在物体上右击，从弹出的快捷菜单中选择"Face"命令，然后选择物体上的一部分面，执行"Hair"→"Create Hair"命令，打开设置窗口，选择"At selected points/faces"复选框，创建 Hair，此操作仅在选择的面上创建。

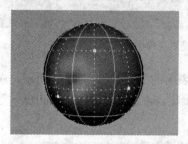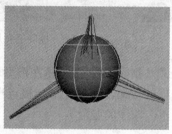

图 5-2 在选择的点上创建头发

5）"U/V count"（U/V 方向数）：控制毛囊在 U/V 方向上的数目，数值越大头发越多。

6）"Passive fill"（被动填充）：设置在主动毛囊间添加被动毛囊的个数，但不会改变整体毛囊的数量，如图 5-3 所示。在 Maya 中主动毛囊为红色，被动毛囊为蓝色。

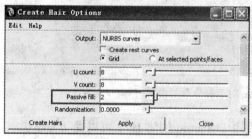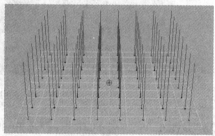

图 5-3 创建头发并在主动毛囊间填入被动毛囊

7）"Randomization"（随机化）：毛囊随机分布的程度，数值为 0 时，毛囊按照设定的数值阵列，增加数值则会增加毛囊的随机分布。如图 5-4 所示，左侧为使用默认设置创建的头发，右侧为在默认设置基础上设置 Randomization 数值等于 1 创建的头发。

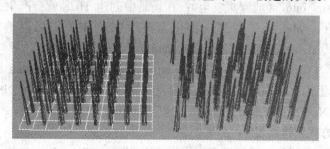

图 5-4 毛囊分布的随机化

8）"Edge bounded"（边界限制）：选择此复选框时，毛囊能够在模型边界线上创建，取消选择此复选框时，毛囊不在边界线上创建，如图 5-5 所示。

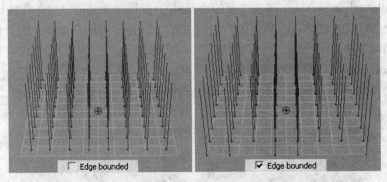

图 5-5　控制毛囊是否在模型边界创建

9）"Equalize"（相等）：平衡毛囊在模型表面的分布。如图 5-6 所示，左图为取消选择"Equalize"复选框的效果，毛囊在球体极点聚集，右图为选择"Equalize"复选框的效果，毛囊平均分布，不在球体极点聚集。

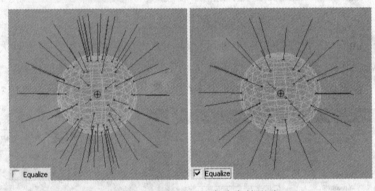

图 5-6　Equalize 对毛囊分布的影响

10）"Dynamic"和"Static"（静态）：使用 Dynamic 创建 Hair 可以受动力学影响，使用 Static 创建的 Hair 不受动力学的影响，但可手动调整，默认使用 Dynamic。

11）"Point per hair"（每头发点数）：设置头发的光滑程度，数值越大，点数越多，头发也就越光滑。

12）"Length"（长度）：设置头发的长度。

13）"Place hairs into"（放置头发至）：在场景中创建 Hair 就会产生一个"hairSystem"（头发系统）节点，如在场景中另一物体上再次创建 Hair，可以选择创建一个新的 hairSystem，或将其加入到之前创建的 hairSystem 节点中。

如图 5-7 所示左侧两个球体使用相同的 hairSystem。当在 hairSystem 属性中改变头发颜色时，这两个球体上的头发颜色一起改变，创建右侧球体上的头发时在"Place hairs into"下拉列表框中选择"New hair system"选项。

2．使用绘画方式创建头发

在场景中创建一个模型，选择模型，执行"Hair"→"Paint Hair Follicles"（绘画头发毛囊）"的 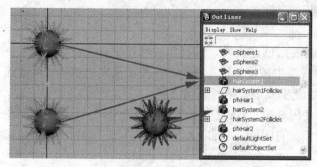，打开设置窗口，如图 5-8 所示，有些选项呈灰色不可编辑状态，使用笔刷在物体上进行绘制后，创建 hairSystem 节点就可以进行编辑了。

图 5-7　不同模型可以使用同一头发系统

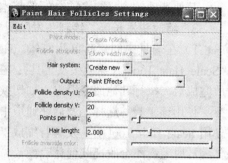

图 5-8　绘画头发毛囊设置窗口

1）"Paint mode"（绘画模式）：单击右侧的 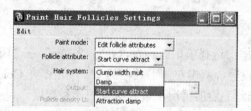 下拉按钮，设定在物体表面绘制的内容。

● "Create follicles"（创建毛囊）：在物体表面绘制主动毛囊。

● "Create passive follicles"（创建被动毛囊）：在物体表面绘制被动毛囊。

● "Delete follicles"（删除毛囊）：涂刷删除毛囊。

● "Edit follicles attributes"（编辑毛囊属性）：选择该选项可以激活下面的 "Follicles attributes" 下拉列表框，单击该下拉列表框右侧的 下拉按钮，可以选择需要绘制的属性。如图 5-9 所示。

图 5-9　绘画头发毛囊设置窗口

● "Trim hairs"（修剪头发）：通过笔刷涂抹将头发变短。

● "Extend hairs"（延长头发）：通过笔刷涂抹将头发变长。

在 "Paint mode" 下拉列表框中选择 "Extend hairs" 选项，在 "Paint Attributes" 卷展栏修改 "Max value" 数值然后，增加 Value 数值后在模型表面绘画，相应的头发会增加长度，如图 5-10 所示。单击下面的 "Flood" 按钮，将该 Value 数值应用于所有头发。

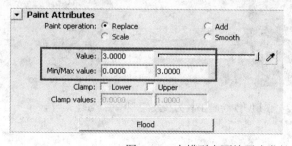

图 5-10　在模型表面绘画头发长度

2）"Hair system"（头发系统）：单击右侧的 下拉按钮，选择使用的头发系统（在同一物体上可以添加多个头发系统）。

其他选项的含义与之前介绍的基本相同。

3．缩放头发长度、绘制头发贴图

1）在场景中创建简单几何体，在其表面创建头发，选择头发或模型，执行"Hair"→"Scale Hair Tool"（缩放头发工具）：在视图中按住鼠标左键拖动，修改头发的整体长度，缩放完成后，执行其他命令退出，如切换为选择、移动和缩放等工具。

使用该工具与选择毛发后在通道中使用 Scale X/Y/Z 的效果不同，如图 5-11 所示，左图使用 Scale Hair Tool 对头发进行缩放操作；右图使用 Scale X/Y/Z 对头发进行缩放。（对几何体缩放时毛囊不会脱离几何体表面）。

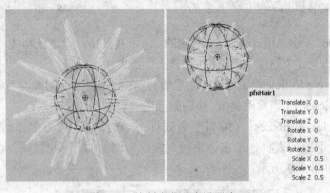

图 5-11　绘制头发毛囊设置窗口

2）"Baldness"（光秃）：选择模型或头发，执行"Hair"→"Baldness"命令，如果没有出现 3D Paint Tool 详细设置，双击左侧工具栏的 按钮，在 Color 卷展栏设置颜色，在模型表面绘制。可以在不去除毛囊的情况下设置头发的光秃程度。

3）"Hair Color"（头发颜色）：在 Color 卷展栏设置颜后，在模型表面绘制决定涂抹位置头发的颜色。

4）"Specular Color"（高光色）：设置头发的高光颜色。如图 5-12 所示，左侧两张图分别绘制 Hair Color、Specular Color，右侧为渲染后的图（光谱色：红+绿=黄）。

图 5-12　使用 3D 绘画工具为头发绘制贴图

4．删除头发

创建 Hair 时，在 Outliner 里产生不止一个节点，Maya 提供了快捷删除命令：选择需要删除的头发，执行"Hair"→"Delete Entire Hair System"（删除完整的头发系统）命令，可以将其全部删除。

5.1.2 主动毛囊与被动毛囊

在创建 Hair 时，每束头发或曲线根部都有红色或蓝色的小物体，这些就是毛囊，红色的主动毛囊控制蓝色的被动毛囊。

1）在场景中创建一个 NURBS 球体，选择该球体，执行"Hair"→"Paint Hair Follicles"命令，设置"Output"为"NURBS curves"，在球体上绘制 1 个毛囊，在"Paint mode"卷展栏选择"Create passive follicles"选项，在主动毛囊附近绘制一个被动毛囊，如图 5-13 所示。

2）选择主动毛囊上的曲线，执行"Hair"→"Create Constraint"（创建约束）→"Transform"（变换）命令，在曲线上会出现一个定位器并有一根虚线将它和主动毛囊曲线连在一起。

3）设置较长的时间范围，切换到顶部 Hair 的"Shelf"选项卡，再单击 ▶ 按钮，或执行"Solvers"→"Interactive Playback"（交互重放）命令，使用移动工具移动定位器，被动毛囊曲线受主动毛囊曲线影响产生相同的运功，如图 5-14 所示。

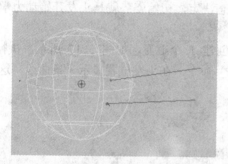
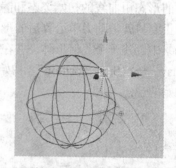

图 5-13 创建主动、被动毛囊各一个　　　图 5-14 被动毛囊受主动毛囊运动的影响

不仅是运动，主动毛囊上的头发形态也会对被动毛囊产生影响。

4）创建一个 NURBS 球体，选择该球体，执行"Hair"→"Paint Hair Follicles"命令，设置"Output"为"Paint Effects"，在球体上绘制 1 个毛囊，在"Paint mode"卷展栏选择"Create passive follicles"选项，在主动毛囊附近绘制一个被动毛囊，如图 5-15 所示。

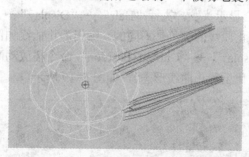

图 5-15 创建主动、被动毛囊各一个

5）执行"Hair"→"Display"→"Start Position"（初始姿态）命令，在红色的主动毛囊位置会出现一条曲线，被动毛囊没有曲线，在曲线上右击，在弹出的快捷菜单中选择"Control Vertex"命令，随意编辑曲线形状，大致如图 5-16（左）所示，执行"Hair"→

"Display" → "Current Position"（当前姿态）命令，结果如图 5-16（右）所示，被动毛囊上的头发形态也发生了变化。

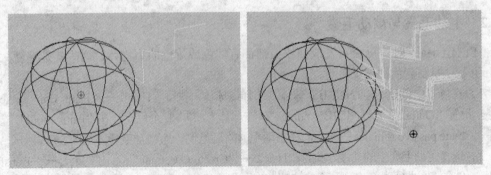

图 5-16　被动毛囊的头发形态受主动毛囊的头发形态影响

5.1.3　编辑头发

　　头发的形态由曲线的初始姿态和静止姿态决定，初始姿势就是头发开始动力学运算前的形态，静止姿势就是动力学运算后的形态。

　　在场景中创建一个几何形体，并在上面创建 1 个毛囊，如图 5-17 所示。执行"Hair"→ "Display" → "Start Position"（初始姿态）命令，在头发位置显示一条曲线，这条曲线决定头发初始的形态。

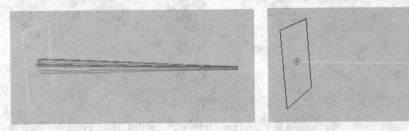

图 5-17　显示初始曲线

　　选中这条曲线，执行"Hair" → "Set Rest Position"（设置静止姿态） → "From Start"（由初始）命令，完成后会显示头发。执行"Hair" → "Display" → "Rest Position"（静止姿态）命令，初始曲线和静止曲线的颜色是不同的，编辑静止曲线如图 5-18 所示。

　　执行"Hair" → "Display" → "Current Position"命令播放动画，动画过程为头发由直变弯曲（初始曲线形态变化至静止曲线形态），如图 5-19 所示。

图 5-18　头发的静止曲线

图 5-19　头发由初始形态变为静止形态

130

1．显示切换

在对头发进行操作的过程中，经常需要切换头发的显示。在"Hair"→"Display"命令下列出了显示方式。

"Current Position"（当前姿态）：显示头发当前的状态。

"Start Position"（初始姿态）：显示初始曲线形态。

"Rest Position"（静止姿态）：显示静止曲线形态。

"Current and Start"（当前及初始）：显示头发当前的状态和初始曲线。

"Current and Rest"（当前及静止）：显示头发当前的状态和静止曲线。

"All Curves"（所有曲线）：显示所有曲线。

2．设置曲线

初始曲线及静止曲线都可以通过手动调节，可以将已调节完成的一种曲线形态应用于另一种曲线。

"Set Start Position"（设置初始姿态）其下两个选项分别是"From Current"（由当前）和"From Rest"（由静止）；"Set Rest Position"（设置初始姿态）其下两个选项分别是"From Start"（由初始）和"From Current"（由当前）。

默认情况下初始曲线在创建 Hair 时自动生成，静止曲线需要设置生成，如需在创建时生成静止曲线，则在头发创建设置中选择"Create rest curves"复选框。

3．调整曲线

除了手动调整曲线"CV"点外，还可以使用"Hair"→"Modify Curves"（修改曲线）命令下所列出的工具调整曲线的形态。

提示：这些命令适用于初始、静止曲线，对于在"Create Hair Options"窗口"Output"设置 NURBS curves 所产生的曲线不适用。

1）"Lock Length"（锁定长度）：锁定曲线的长度，选择头发的初始或静止曲线，执行"Hair"→"Modify Curves"→"Lock Length"命令，编辑该曲线的"CV"点时，曲线的长度保持不变，没有锁定长度的曲线则会在编辑时改变长度，如图 5-20 所示。

"Unlock Length"（解锁长度）：选择已锁定长度的曲线，执行该命令可以解除长度锁定。

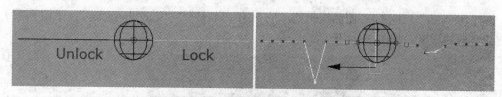

图 5-20　锁定曲线长度

2）"Straighten"（拉直）：将选择的曲线拉直。创建如图 5-21 所示的场景，将其中一条曲线弯曲。

选择弯曲的曲线，执行"Hair"→"Modify Curves"→"Straighten"的 □，打开设置窗口，选择"Preserve Length"复选框，设置"Straightness"（伸直度）默认数值为 1，将曲线拉直，数值为 0.5 时拉直一半，数值为 2 时弯曲方向相反，如图 5-22 所示。

图 5-21 创建两条头发线并将其中一条弯曲

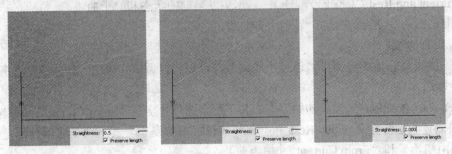

图 5-22 将曲线拉直

"Preserve Length"（保持长度）：设置将曲线拉直后是否保持曲线的长度。若取消选择该复选框将在曲线开始、结束端点之间出现拉直的曲线，选择该复选框则保持弯曲曲线的长度，如图 5-23 所示。

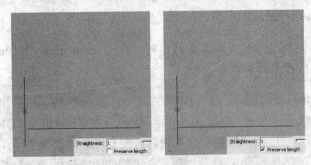

图 5-23 在拉直曲线时选择是否保持曲线长度

3）"Smooth"（平滑）：使曲线平滑，它只有一个参数"Smooth factor"（平滑系数）决定曲线平滑的程度，如图 5-24 所示。

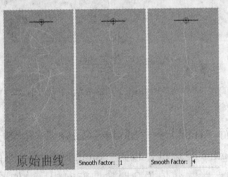

图 5-24 曲线平滑

4）"Curl"（卷曲）：使曲线产生卷曲的效果，Points per hair 数值越高，曲线弯曲后越平滑。

"Curl amount"（卷曲数量）：曲线产生的卷曲程度。

"Curl frequency"（卷曲频率）：设置卷曲频率。

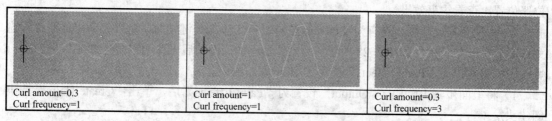

图 5-25 设置弯曲数量和弯曲频率

5）"Bend"（弯曲）：与变形器效果相似，使曲线产生弯曲效果，如图 5-26 所示。

"Bend Amount"（弯曲量）：曲线产生的弯曲程度。

"Twist"（扭曲）：控制弯曲时的旋转角度。

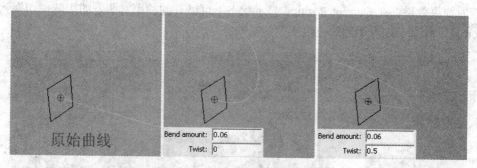

图 5-26 使曲线产生弯曲和扭曲

6）"Scale Curvature"（缩放曲率）：调整曲线的曲率大小。这个命令只对弯曲的曲线有效，对直曲线无效。

"Scale Factor"（缩放比例）：用于控制缩放比例的大小，数值为 1 时曲线没有变化，为 0 时曲线变为直线。如图 5-27 所示。

"Max Curvature"（最大曲率）：控制曲线的最大曲率。

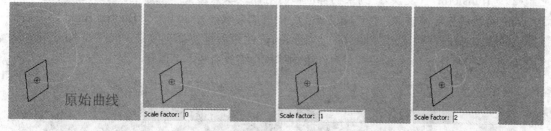

图 5-27 缩放曲线弯曲率

4. 约束

在为 Hair 添加约束时，由于创建时输出的类型不同，所以操作步骤略有不同。

（1）为输出为曲线类型的 Hair 添加约束。

1）创建一个简单的几何体，执行"Hair"→"Create Hair"的 ▢，打开设置窗口，将

"Output"设置为"NURBS curves"后，单击"Create Hairs"按钮创建头发。

2）选择曲线，执行"Hair"→"Create Constraint"→"Transform"命令，对曲线应用约束。

3）执行"Solvers"→"Interactive Playback"（交互式播放），或单击 ▶ 图标，调整定位器位置，查看约束效果。

4）在没有播放动画、没有为 Locator 位移等操作添加关键帧时，可以移动定位器设置约束作用于 Hair 的位置，如图 5-28 所示。为定位器添加关键帧后再移动它会对曲线产生影响。

（2）为输出为"Paint Effects"类型的 Hair 添加约束。

1）将上面步骤1）中的"Output"设置为"Paint Effects"后，单击"Create Hairs"按钮创建头发。

2）执行"Hair"→"Display"→"Start Position"命令，显示初始曲线（如果有静止曲线，可以在静止曲线上执行以下操作。）

3）选择曲线，执行"Hair"→"Create Constraint"→"Transform"命令，对曲线应用约束。

4）执行"Hair"→"Display"→"Current Position"命令，显示当前状态，使用交互式播放查看约束效果。在 Current Position 显示状态下可以看到约束对头发的影响，切换到 Start Position 显示状态下则看不到约束对头发的影响。

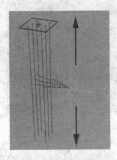
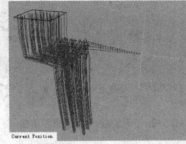
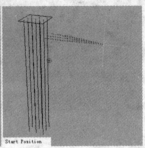

图 5-28　调整约束位置　　　　　图 5-29　为输出为 Paint Effects 类型的头发创建约束

（3）约束的类型。

1）"Rubber Band"（橡皮圈）：约束物体距离被约束的曲线或头发距离变大时，就产生拉力，当约束物体靠近时没有影响。

2）"Transform"（变换）：约束物体位移时对曲线或头发会产生影响。Rubber Band 约束与 Transform 约束非常相似，Rubber Band 约束更加柔软，为曲线添加 Rubber Band 约束后推时没有效果，拉时有效果。为曲线添加 Transform 约束后推拉都有效果。如图 5-30 所示。为头发或曲线添加 Transform 约束后，对约束物体执行缩放命令，可以使其聚拢或散开。

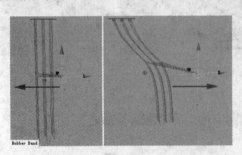
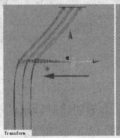
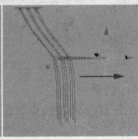

图 5-30　Rubber Band 约束与 Transform 约束的比较

3）"Stick"（棍棒）：Stick 约束物体远离被约束曲线或头发时与 Rubber Band 约束和 Transform 约束非常相似。靠近被约束曲线或头发时会使它们散开，就像用棍棒去顶柔软物体一样。

4）"Hair to Hair"（头发到头发）：与 Stick 方式相似，不同的是虚线连在曲线或头发之间，而不是曲线或头发与约束物体之间。

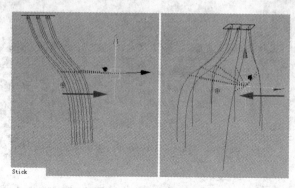
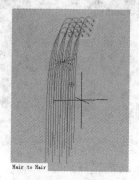

图 5-31　Stick 约束　　　　　　　图 5-32　Hair to Hair 约束

5）"Hair Bunch"（头发束）：与 Hair to Hair 约束类似，它受 clump widths 的影响。在场景中创建一个平面，选择该平面，执行"Hair"→"Create Hair"的□，打开设置窗口，将"Output"设置为"Paint Effects"，调整"U/V count"数值创建头发，适当缩放平面增加发束间的距离，为头发创建 Hair Bunch 约束后，使用交互式播放查看约束效果，如图 5-33（左）所示的头发没有变化。

选择头发，按【Ctrl+A】组合键打开属性设置，切换至"hairSystemShape"选项卡，展开"Clump and Hair Shape"（丛块和头发形）卷展栏，增加"Clump Width"（丛块宽度）数值，使发束互相接触，再次播放动画，头发由于碰撞产生了变化，如图 5-33（右）所示。

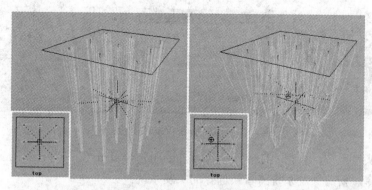

图 5-33　Hair Bunch 约束

（4）碰撞。

Hair 的两个碰撞物体分别是"Collide Sphere"（碰撞球）、"Collide Cube"（碰撞立方体）。

1）创建如图 5-34（左）所示的场景，显示头发的初始或静止曲线，选择曲线，执行"Hair"→"Create Constraint"→"Collide Sphere/Collide Cube"命令，为其添加碰撞物体。显示头发的当前姿势，打开交互播放，移动碰撞体查看效果，如图 5-34（右）所示。

2）Hair 还可以将 NURBS 或多边形物体作为碰撞物体。将碰撞物体删除，在场景中创建一个 NURBS 或多边形球体，选择 hair system 和球体，执行"Hair"→"Make Collide"（设置碰撞）命令，打开交互播放，移动球体穿过头发，查看效果，碰撞效果非常不明显，如图 5-35 左图所示；移动头发所在的面片，当头发扫过球体时，碰撞效果很明显，如图 5-35 右图所示。

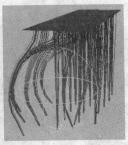

图 5-34　为头发添加碰撞球　　　　　　图 5-35　使用 NURBS 或多边形物体作为 Hair 碰撞物体

（5）转换选择。

选择场景中的 Hair，执行"Hair"→"Convert Selection"（转换选择）下的命令可以方便地切换选择类型。这些选项分别是"To Follicles"（至毛囊）、"To Start Curves"（至初始曲线）、"To Rest Curves"（至静止曲线）、"To Current Positions"（至当前姿态）、"To Hair Systems"（至头发系统）、"To Hair Constraints"（至头发约束）、"To Start Curves End Cvs"（至初始曲线末端 CVs）、"To Rest Curves End Cvs"（至静止曲线末端 CVs）、"To Start and Rest Curves End Cvs"（至开始和静止曲线末端 CVs）。

（6）分配头发系统。

在场景中设置两个不同的头发系统，选择其中一个 Hair System，如图 5-36 左图所示，执行"Hair"→"Assign Hair System"（分配头发系统）命令，选择另一个头发系统名称，如图 5-36 右图所示，现在两组头发使用同一个头发系统。

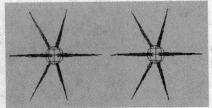

图 5-36　分配头发系统

选择一个头发系统，执行"Hair"→"Assign Hair System"→"New Hair System"（新头发系统）命令，新的头发系统将替换选择的头发系统。

（7）将选择曲线制作为动力学曲线。

选择需要创建动力学的曲线，执行"Hair"→"Make Selected Curves Dynamic"（制作动力学曲线）。

创建一个几何体和一条曲线，选中这两个物体，执行"Hair"→"Make Selected Curves Dynamic"的 □，打开设置窗口，确认选择"Attach Curves to selected sufrace"（连接曲线至选择表面）复选框，如图 5-37 所示。单击"Make Curves Dynamic"按钮，创建的动力学曲线将被连接到所选择表面。

（8）将选择的曲线制作为动力学曲线。

在几何体上创建头发，选择一部分曲线创建 Transform 约束，如图 5-38 左图所示。选择另一部分没有被约束控制的曲线，再加选约束物体，执行"Assign Hair Constraint"（分配头发约束）的 □，打开设置窗口。"Replace"（替换）的作用是由选择曲线替换没有被选择曲线；"Append"（添加）的作用是将选择曲线加入到约束中。选择"Replace"选项执行结果如图 5-38 所示。

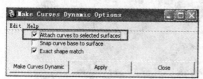

图 5-37　将创建的动力学曲线与所选择的表面连接　　　　图 5-38　替换头发约束

（9）分配绘画笔刷至头发。

1）选择 hairSystem 或 hairSystem 的输出曲线，单击"Assign Paint Effects Brush to Hair"（分配绘画笔触至头发）按钮，将在曲线上添加头发笔刷。

如果希望在 Hair 曲线上添加其他的笔刷，选择曲线和 Visor 中的笔刷，按【F6】键进入 Rendering 模块，执行"Paint Effects"→"Curve Utilities"→"Attach Brush to Curves"命令。

2）创建一个长方形面片，在它上面创建 Hair（输出为 NURBS Curves），如图 5-39 所示。执行"Window"→"General Editors"→"Visor"命令，在"Paint Effects"选项卡中选择"glass"下的"beadsColored.mel"，将它连接到所有头发曲线。

3）为头发添加 Collide Sphere，在场景中创建一个球体，将 Collide Sphere 作为球体的子物体。设置球体穿过珠帘的动画，渲染如图 5-40 所示。

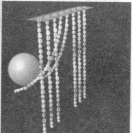

图 5-39　创建场景　　　　图 5-40　球体穿过珠帘效果

（10）种植头发。

选择 hairSystem，然后再选择没有头发的表面，单击"Transplant Hair"（种植头发）按钮，将头发应用于该表面，参数设置如图 5-41 所示。

1）"Copy Follicles"（复制毛囊）：选择该复选框，将在目标表面创建毛囊，取消选择该复选框，将选择的毛囊移动到目标表面。

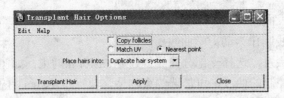

图 5-41　种植头发

2）"Match UV"（匹配 UV）：种植头发时尽量将 UV 匹配到目标物体；"Nearest Point"（最近的点）：种植头发到目标物体最近的点上，这两种方式的区别如图 5-42 所示。

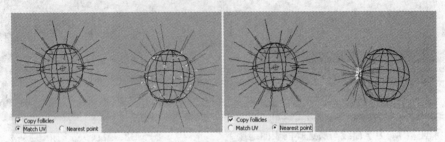

图 5-42　两种种植头发的区别

3）"Place hair into"（放置头发至...内）：设置将种植的头发放置到哪个 hairSystem 中。

5.1.4　头发属性

选择几何体，执行 "Hair" → "Create Hair" 的 ❑，修改 "Passive fill" 数值为 1，其他使用默认设置，创建 Hair。选择 Hair，按【Ctrl+A】组合键打开属性，切换至 "hairSystemShape"（头发系统形节点）选项卡。

"Simulation Method"（模拟方式）：单击右侧的 ❑ 下拉按钮，选择相应的方式时会将不参与模拟的部分隐藏。

"Off"（关闭）：将模拟关闭。

"Static"（静态）：显示头发，播放动画没有动力学模拟。

"Dynamic Follicles Only"：（仅动力学毛囊）：主动毛囊上的头发显示，被动毛囊上的头发不显示。

"All Follicles"（所有毛囊）：Maya 默认的方式，主动毛囊、被动毛囊上的头发均参与模拟。

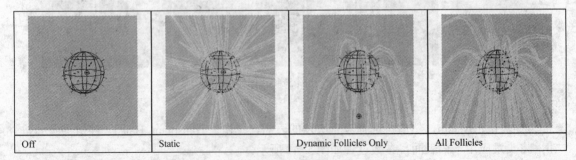

图 5-43　模拟方式

"Display Quality"（显示质量）：设置头发显示质量。

1. "Clump and Hair Shape"（丛块与头发形状）

1)"Hairs Per Clump"（每丛块头发数量）：设置每个毛囊产生的头发数量。

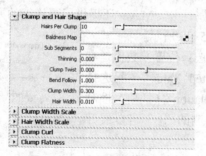

图 5-44　头发丛块和形状属性

2)"Baldness Map"（光秃贴图）：使用贴图的明度信息定义头发的光秃程度，如果图像有 Alpha 通道，则使用 Alpha 通道定义头发的光秃程度。某图像及其 Alpha 通道如图 5-45 所示，将该图片应用于头发的 Baldness Map，结果如图 5-46 所示。

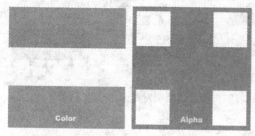

图 5-45　图像的颜色及 Alpha 通道

图 5-46　使用 Alpha 通道定义头发的光秃程度

3)"Sub Segments"（细分段）：以内插值的方式增加头发的光滑程度，增加该数值可以为卷曲的头发添加更多的细节，消除硬边，但也会降低软件的运行速度。

4)"Thinning"（稀释）：控制长发与短发间的比例，使头发边缘参差不齐，显得头发比较自然。

5)"Clump Twist"（丛块扭转）：使每丛头发围绕头发的主轴旋转。

6)"Bend Follow"（弯曲追随）：控制每丛头发截面方向相对于头发主轴的关系。该属性数值为 1 时，头发丛块的截面方向垂直于管状方向；数值为 0 时，头发丛块的截面方向垂直于头发所在表面的法线方向，如图 5-48 所示。

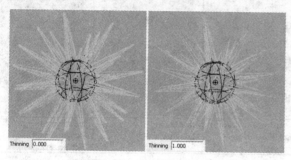

图 5-47　调节 Thinning 属性使头发效果比较自然

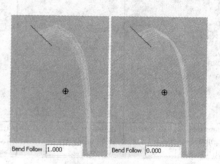

图 5-48　调节 Bend Follow 属性效果

7）"Clump Width"（丛块宽度）：设置每丛头发占有的最大宽度。

8）"Hair Width"（头发宽度）：设置每根发丝在渲染时的宽度。

除了修改以上参数设置属性外，Maya 还提供了更详细的方式来控制一些属性，为这些属性增加更多的细节，如图 5-49 所示。

"Selected Position"（所选择位置）数值是右侧曲线上点的位置。"Selected Value"（所选择值）是该点的数值。"Interpolation"（插值）控制点与点之间的过渡方式。右侧的">"可以展开大的图形曲线方便操作。

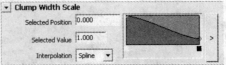

图 5-49　使用曲线控制头发丛块的宽度

"Clump Curl"（丛块卷曲）设置头发卷曲；"Clump Flatness"（丛块平面）设置头发截面的形状，如图 5-50 所示。

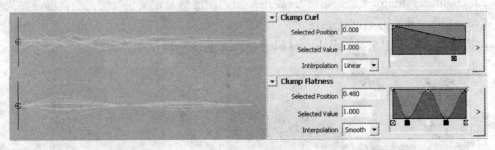

图 5-50　使用曲线控制头发卷曲及头发截面

2．"Dynamics"（动力学）

1）"Solve"（解算）。

2）"Iterations"（反复）：这个属性控制在每时间步幅下头发解算反复的次数，它对头发的硬度、长度伸缩和碰撞精度有影响。

3）"Length Flex"（长度伸缩）：头发沿自身的长度伸展。选择下面的"No Stretch"（无伸展）复选框时，Length Flex 头发被约束在初始的长度不发生改变。

4）"Start Frame"（开始帧数）：设定头发解算器开始工作的帧数。

5）"Stiffness"（硬度）：设置头发的硬度，可以使用"Stiffness Scale"（硬度缩放）为不同位置的头发设置不同的硬度。图 5-51 为不同的参数设置对头发形态的影响。

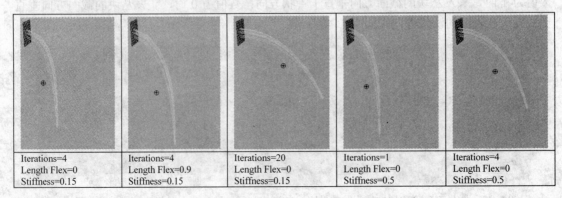

图 5-51　Iterations 与 Length Flex、Stiffness 间的关系

3."Force"（影响力）

1）"Drag"（拖动）：模拟头发在风中的摩擦力，该属性还帮助稳定模拟，当设定它的数值为 1 时，头发运动变得迟缓，像在黏稠的液体中运动。

2）"Motion Drag"（运动阻力）：模拟头发在运动状态下受到的阻力。

在场景中创建简单几何体，在其表面创建一个毛囊，为几何体做快速位移动画，先将"Drag"属性数值设置为 0，然后设置"Motion Drag"数值为 0 时，头发的运动很灵活，数值为 1 时，头发运动很僵硬。如图 5-52 所示。

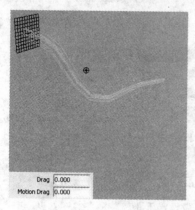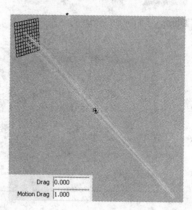

图 5-52 影响力对头发运动的影响

该属性主要是对运动的头发施加阻力，使头发的震动、摆动等效果降低，头发的变形很少，尽量维持静止时的状态。设置"Drag"为 1、"Motion Drag"为 0 时头发不向下弯曲，运动时灵活性会降低，但头发因运动而变形效果仍然很明显，如图 5-53 所示。

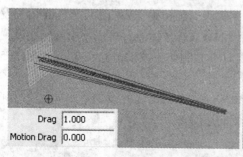

图 5-53 Drag 与 Motion Drag 的区别

3）"Damp"（阻尼）：当头发所在的表面运动，数值比较大时，头发会向表面运动的方向运动，但不会从表面的运动那里继承太多的运动。Damp 与 Motion Drag 效果的对比如图 5-54 所示。

4）"Friction"（摩擦力）：模拟接触其他表面时的摩擦。如图 5-55 所示，Friction 为 0 时，头发经过碰撞球时不会附着在上面；数值为 1 时，头发会附着在上面。

5）"Mass"（质量）：头发的质量。在模型上创建 Hair，在"Outliner"里选择"hairSystem"为其添加 Air 场，为 Mass 属性设置不同的数值观察结果，如图 5-56 所示。

6）"Gravity"（重力）：在 Hair 上施加的重力。

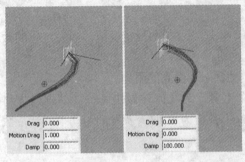

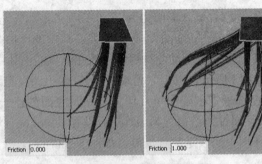

图 5-54　Damp 与 Motion Drag 的区别　　　　图 5-55　摩擦力

图 5-56　为头发设置质量

7）"Dynamics Weight"（动力学权重）：该属性数值缩放动力场对头发影响的比例，可以输入大于 1 的数值。数值为 0 时，头发受 Force 下的属性影响，添加的动力场对头发不产生影响。

4．"Start Curve Attract"（初始曲线吸引）

1）"Start Curve Attract"：设定将当前头发姿势吸引至初始姿势的程度。Hair 为长发时，该数值为 0，当头发是短发时，Hair 得到足够硬的头发比较困难。可以使用该属性设置数值得到需要的结果。使用该属性制作较硬的头发时不必制作头发的静止姿态，如图 5-57 所示，Start Curve Attract 属性数值越大越接近初始姿态。

2）"Attraction Damp"（引力阻尼）：为 Start Curve Attract 属性设置为非 0 数值时开启此项，增加该属性数值会减缓头发向当前姿态转变的速度。

图 5-57　设置初始曲线吸引

5．"Collisions"（碰撞）

1）"Collide"（碰撞）：选择此复选框，Hair 能够与物体发生碰撞；取消选择该复选框，

Hair 不与物体发生碰撞（仍可与 Collide Sphere、Collide Cube 发生碰撞）。

2）"Collide Over Sample"（碰撞通过取样）：编辑碰撞取样的质量。较大的数值将有助于阻止头发滑过表面。

3）"Collide Width Offset"（碰撞宽度偏移）：增加该数值，像在头发外面多加了一层透明物，使头发与碰撞物有一段距离时就可发生碰撞，通过增加该数值避免头发与碰撞体发生相互渗透的现象，如图 5-58 所示，增加了该数值后，头发在距离物体还有一段距离时就已经产生了碰撞。

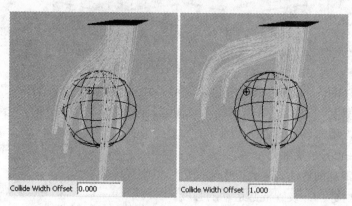

图 5-58　碰撞宽度偏移防止头发与碰撞物体相互渗透

4）"Self Collide"（自碰撞）：选择此复选框，同一 hairSystem 间的头发之间也会发生碰撞，该属性默认为关闭。

5）"Repulsion"（排斥）：控制头发间互相排斥的程度。

6）"Static Cling"（静电粘连）：控制头发间互相粘连的程度（需要为头发增加一些 Repulsion 数值）。如图 5-59 所示。

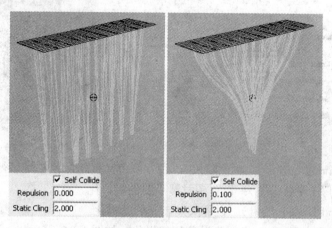

图 5-59　静电粘连效果

7）"Num Collide Neighbors"（碰撞周围数目）：控制碰撞的头发碰撞总体头发中的数目。

8）"Collide Ground"（碰撞地面）：头发与设置的假想平面发生碰撞，"Ground Height"（平面高度）设置该假想平面在世界坐标 Y 轴的位置，数值为 0 时，与视图中的 Grid 重合，如图 5-60 所示。

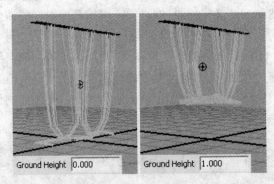

图 5-60　碰撞地面

9）"Draw Collide Width"（绘制碰撞宽度）：开启此选项，会在每束头发上创建一些圆环，表示碰转的宽度。"Width Draw Skip"（宽度绘画忽略）数值为 0 时，会在头发的每个分段创建一个圆环，增加该数值，创建圆环的数量会减少。

6．"Turbulence"（扰乱）

为头发添加混乱的运动，还可以用来简单模拟空气场效果。

"Intensity"（强度）：设置混乱运动的强度。

"Frequency"（频率）：设置混乱噪波的频率。"Speed"（速度）：设置混乱噪波的速度。

7．"Shading"（明暗）

1）"Hair Color"（头发颜色）：设置头发的基本颜色。

2）"Hair Color Scale"（头发颜色缩放）：控制头发不同位置的颜色明暗变化，如图 5-61 所示。

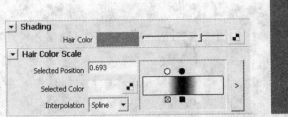

图 5-61　设置头发不同位置的颜色及明暗

3）"Color Randomization"（颜色随机）：设置颜色随机化，使头发显得有变化。

"Diffuse Rand"（漫射随机）：设置头发漫反射的随机化。

"Specular Rabd"（高光随机）：设置头发高光的随机化。

"Hue Rand"（色相随机）：设置头发色相随机化，如图 5-62 所示。

"Sat Rand"（饱和度随机）：设置头发颜色饱和度（Saturation）的随机化。

"Val Rand"（明度随机）：设置头发颜色明度（Value）的随机化。

8．"Displacements"（置换）

"Curl"（卷曲）：设置头发的卷曲尺寸。

"Curl Frequency"（卷曲频率）：设定头发卷曲的频率。

"Noise Method"（噪波方式）：选择使用的噪波类型，其包括的参数用来控制噪波在指定方向的频率、大小等，如图5-63所示。

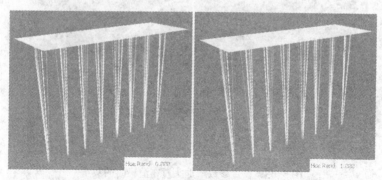

图 5-62　颜色随机

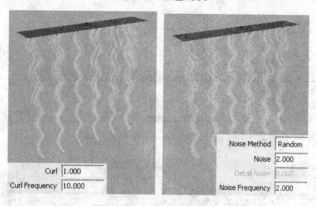

图 5-63　设置头发的卷曲

9. "Multi Streaks"（多条纹）

该属性可以在渲染时增加头发的数量。切换至"hairSystemShape"选项卡，展开 Clump and Hair Shape 卷展栏，修改"Hair Per Clump"的数值为 1，对当前场景渲染会得到只有一根头发的图像，如图5-64所示。

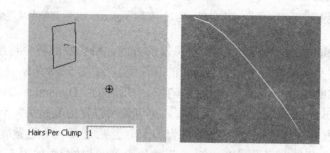

图 5-64　设置 Hair Per Clump 数量

- "Multi Streaks"（多条纹）：设置条纹的数量。
- "Multi Streaks Spread 1"（多条纹伸展）：设置头发根部的扩展。
- "Multi Streaks Spread 1"（多条纹伸展）：设置头发梢部的扩展。

调节数值可以增加头发在渲染时的数量，如图 5-65 所示。

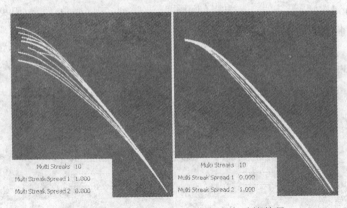

图 5-65　设置参数增加头发在渲染时的数量

5.1.5　对单一毛囊的修改

Hair 允许对某个毛囊进行单独的设置。选择场景中的一个毛囊，按【Ctrl+A】组合键打开属性设置，切换至（模型名称）"FolliclesShape"（数字编号）选项卡，这里列出了这个毛囊的单独设置选项，如图 5-66 所示。

1）"Parameter U"（U 参数）和 "Parameter V"（V 参数）控制毛囊在模型 UV 上的位置，调整这两个数值使毛囊在模型表面移动，如图 5-67 所示。

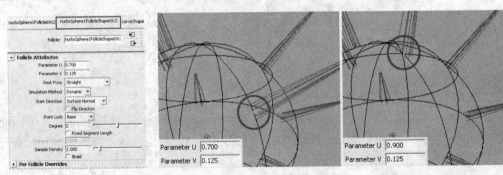

图 5-66　控制单独毛囊属性　　　图 5-67　通过调节 Parameter U /V 调整单独毛囊位置

2）"Flip Direction"（翻转方向）：调整头发的方向，将头发翻转至与当前相反的方向；"Braid"（编织）：将头发编成辫子（通常所说的麻花辫），如图 5-68 所示。

3）在 "Per Follicle Overrides"（每毛囊覆盖）中展开的 "Dynamics Overrides"（覆盖动力学）下，选择 "Override Dynamics" 复选框，可以使所设置的毛囊头发不受总体毛发动力学的影响，设置头发的总体 "Stiffness" 数值为 0.15，然后选择一个毛囊展开其属性，选择 "Override Dynamics" 复选框并设置 "Stiffness" 数值为 1，播放动画如图 5-69 所示。

5.1.6　头发缓存

Hair 也属于动力学，没有建立缓存时向左拖动时间滑块时会得到不正确的结果，在建立缓存以后就可以随意拖动时间滑块，对头发动画满意后，为它创建缓存能够减轻渲染的负担。

在为头发运动创建缓存后会在属性中多出"cache_hairSystemShape"节点，如图5-70所示。

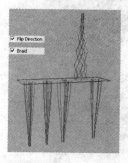 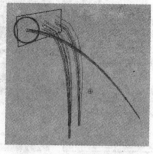 

图5-68 制作辫子并翻转单一毛囊　　图5-69 控制单独毛囊属性　　图5-70 为头发运动创建缓存

1）"Create Cache"（创建缓存）：为头发创建缓存，打开它的 □，打开设置窗口，执行缓存中途按【Esc】键可以结束计算。

2）"Append to Cache"（附加至缓存）：在已有的缓存上增加缓存，如原有缓存为 1～100，使用该命令可以在 150～200 之间再增加一段缓存。

3）"Truncate Cache"（修剪缓存）：选择已建立缓存的相应的 hairSystem 节点，将时间滑块移动到需要修剪的位置，执行该命令 Maya 会删除当前帧数至缓存结束帧间的缓存。

4）"Delete Cache"（删除缓存）：将缓存删除。

5.2 实例制作——制作头发

使用 Hair 为角色创建头发，所使用的模型有两个 UV，一个用来制作颜色、凹凸等贴图，另一个用来制作头发，如图5-71所示。

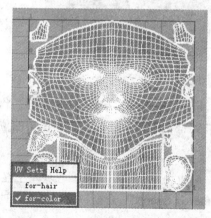 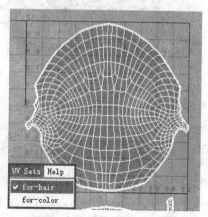

图5-71 根据不同的需要设置不同的 UV

1）在本书附赠光盘的"05-Hair"文件夹内找到 start.mb 文件并打开，这是一个准备好的多边形头部模型。选择模型，执行"Window"→"UV Texture Editor"命令，在打开的窗口中，单击 UV Sets，确认当前设置为 for-hair，执行"Hair"→"Create Hair"的 □，打开窗口，按图5-72（左）进行设置，创建完成后的头发如图5-72（右）所示。

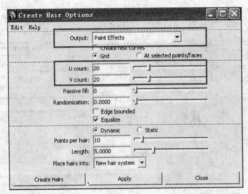
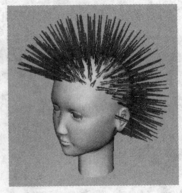

图 5-72　在模型表面创建头发

2）设置较长的时间范围播放动画，进行头发的动力学解算，解算后的头发会穿过模型表面，打开"Outliner"，选择"hairSystemFollicles"，执行"Hair"→"Create Constraint"→"Collide Sphere"命令，创建碰撞球，在各个视图中缩放碰撞球的尺寸，使其尽量适应头部形状，然后将它放到适当位置，阻止头发穿过表面，如图 5-73（左）所示，播放动画查看效果，如图 5-73（右）所示（如果机器很慢，可降低"hairSystemShape"选项卡下的"Display Quality"数值）。

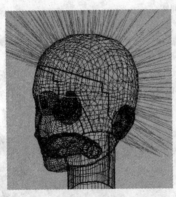
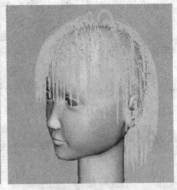

图 5-73　在头部创建碰撞球使头发不会穿过模型

3）检查毛囊的分布，若有必要，选择单个毛囊调整位置，按住【Ctrl】键，将鼠标光标放在"ParameterU/V"输入框，按住左键拖动，调整毛囊的位置。从毛囊密集的位置选择毛囊，对稀疏的位置补充，如图 5-74 所示。

提示：选择模型，在"UV Texture Editor"窗口内单击 🔡 图标，在模型上显示 UV 边界；在窗口菜单栏执行"Shading"→"Wireframe on Shaded"命令，使模型在非选择状态下也能显示 UV 边界，方便毛囊位置的调整。

在"hairSystemShape"选项卡下将"Display Quality"数值调整为 0，或在窗口菜单栏中执行"Show"→"Strokes"命令，关闭 Paint Effects 的显示，使毛囊能够清晰地显示。

4）将碰撞球设置为模型的子物体后，再将模型沿 Z 轴旋转 30°左右，执行"Hair"→"Display"→"Current Position"命令，显示头发的当前姿势，播放动画，Hair 开始动力学解算，当 Hair 解算结果如图 5-75 所示时，单击 ▣ 按钮停止解算。

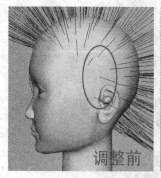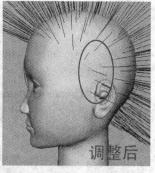

图 5-74　将毛囊由密集位置对稀疏位置进行补充　　　　图 5-75　调整头角度进行头发解算

5）执行"Hair"→"Display"→"Start Position"命令，显示头发的初始姿势，选择如图 5-76 所示的曲线，执行"Create"→"Sets"→"Quick Select Set"（快速选择设置）命令，在打开的窗口中输入名称（需要再次选择这些曲线时，执行"Edit"→"Quick Select Sets"命令，选择相应的名称）。在曲线选择状态下，执行"Hair"→"Set Start Position"→"From Current"命令，结果如图 5-76 所示。

提示：在框选曲线时，需要增加选择曲线且不减选已选曲线，按住【Shift+Ctrl】组合键执行选择。

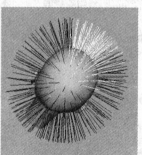

图 5-76　设置部分顶部头发的初始姿势

6）执行"Hair"→"Display"→"Current Position"命令，将模型向相反的方向旋转 20°左右，播放动画，进行 Hair 的解算。当 Hair 结算结果如图 5-77 所示时，单击 ■ 按钮停止解算。对图 5-77 所选择的曲线参照步骤 5）中的方法进行设置。

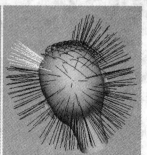

图 5-77　设置顶部另一部分头发的初始姿势

7）执行"Hair"→"Display"→"Current Position"命令，确认模型 Rotate X、Y、Z 轴数值都为 0，单击"播放"按钮进行解算，当两侧及后面的头发自然下垂时停止解算，选择所有没有被设置过的曲线，如图 5-78（左）所示，执行"Hair"→"Set Start Position"→"From Current"命令。

选择 hairSystemFollicles，执行"Hair"→"Create Constraint"→"Collide Sphere"命令，创建碰撞球，调整尺寸和位置，放到模型脖子的位置，如图 5-78（右）所示。将碰撞球作为模型的子物体。

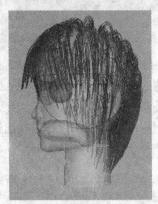

图 5-78　调整剩余头发的初始姿势并在脖子位置添加碰撞球

8）选择场景中的头发，按【Ctrl+A】组合键打开属性，切换至"hairSystemShape"选项卡，展开"Dynamics"→"Solve"，修改"Stiffness"数值为 0.05，将模型沿 X 轴旋转 30°，播放动画，当后面的头发比较贴近头皮时，如图 5-79 所示，单击 ■ 按钮停止解算，选择后面的一部分按照步骤 5）的方式进行设置，完成后将"Stiffness"数值修改回 0.15，当前头发大致如图 5-80 所示。

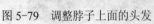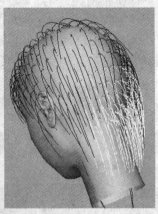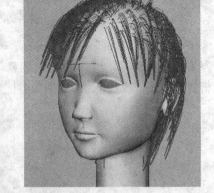

图 5-79　调整脖子上面的头发　　　　　图 5-80　使脖子上面的头发比较贴近头皮

9）执行"Hair"→"Display"→"Start Position"命令，通过执行"Edit"→"Quick Select Sets"命令，调出选择集合，执行"Hair"→"Modify Curves"→"Bend"的 □，打开设置窗口，按照如图 5-81 所示进行设置，将后面部分头发末端微微翘起。

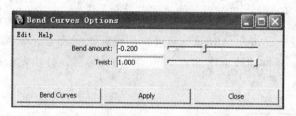
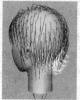

图 5-81　使后面的头发稍稍翘起

10）角色鬓角处的头发应该是贴紧面颊的。显示初始曲线，修改曲线长度、形状如图 5-82 左图所示，选择曲线，执行"Hair"→"Set Rest Position"→"From Start"命令。

选择鬓角处的曲线或毛囊，执行"Per Follicle Overrides"→"Dynamics Overrides"命令，选择"Override Dynamics"复选框，如图 5-82 中图所示。设置"Start Curve Attract"数值为 0.3～0.5，并修改"Attraction Scale"曲线如图 5-82 右图所示，使头发根部受动力学影响非常小。

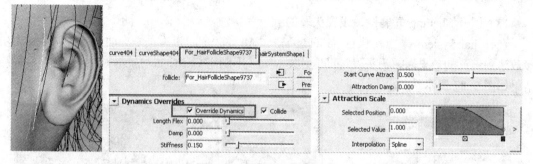

图 5-82　调整鬓角处的头发

11）选择曲线，按【F9】键，通过调整"CV"点位置修改头发的一些细节，如曲线的长度、形状、走向，如图 5-83 所示。

提示：选择曲线，执行"Show"→"Isolate Select"→"View Selected"命令，将曲线单独显示（要退出单独显示，取消选择"View Selected"复选框即可），按【Insert】键显示轴枢点，按住【C】键将轴枢点捕捉到头发根部。执行旋转操作就会以头发根部为中心进行旋转。

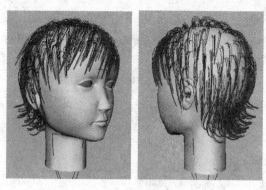

图 5-83　对头发进行整体的调整

12）展开头发属性，在"hairSystemShape"选项卡下展开"Clump and Hair Shape"卷展栏，

按照图 5-84 所示设置头发的属性；修改"Clump Width Scale"曲线，使头发末端散开一些。

展开"Dynamics"→"Start Curve Attract"卷展栏，设置"Start Curve Attract"数值为 0.1～0.2，在 Attraction Scale 属性曲线上增加一个点，调整其位置，使头发根部较好地保持初始的形态，图 5-85 所示。

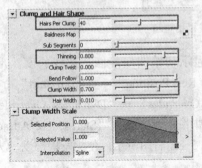 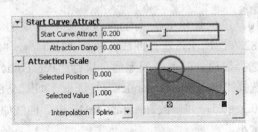

图 5-84　调整头发丛块和形节点属性　　　　图 5-85　设置初始曲线吸引

13）展开 Shading 卷展栏，设置头发的颜色等属性，如图 5-86 所示。

选择 hairSystem 节点，执行"Fields"→"Air"命令，为头发添加动力场，调节动力场参数达到满意的效果后，为头发运动制作 Cache（不制作 Cache 很可能导致无法渲染），最终结果如图 5-87 所示。

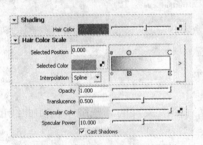 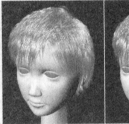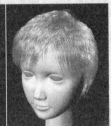

图 5-86　调整头发颜色等属性　　　　　　图 5-87　渲染结果

5.3　任务小结

在实例中的调节并不细致，使用 Hair 调节出好的发型确实比较麻烦，不是很直观，需要耐心地进行，调节的感觉很像在为真人剪头发，需要一层层地进行。

目前 Maya 的 Hair 渲染效果不是很好，在头发质感表现方面还有待提高。

5.4　习题与案例实训

1．判断题

（1）Hair 的分布受模型 UV 的控制。（　　）

（2）无法在被动毛囊上单独调节头发硬度。（　　）

2．练习题

尝试使用头发制作水母在海中运动的动画。

第6章 渲染与后期合成

6.1 渲染与后期合成简介

渲染动画时，极少有人直接渲染 AVI、MOV 等视频格式，一般都是通过渲染得到图片序列，然后将这些图片导入后期软件进行处理。在 Maya 中合理地、有目的性地设置渲染输出，将为后期带来很大的方便。

在渲染中有许多效果虽然利用 Maya 能够直接输出，但不适合直接输出，如辉光、模糊等，有些在 Maya 里耗时的工作在后期却非常快捷，如景深效果。一些视觉上并不明显的动画还可以用后期软件直接制作，如静止镜头中远处火山口冒出的烟，使用后期软件或一些后期插件可以直观快捷地完成。在工作中充分发挥每个软件的特长，节省时间、精力，可以极大地提高工作效率。

本章主要介绍的是后期与渲染的结合、后期对一些工作的辅助作用等，并简单了解后期软件的操作。

6.1.1 渲染层

1. 渲染层的使用

在三维软件中将物体单独渲染，然后导入后期软件中进行合成，需要使用渲染层。在软件右侧单击"Render"（渲染）打开选择层，如图 6-1 所示。

渲染层与显示层使用有些不同，如图 6-2 所示两个几何体，分别被放置到相应的渲染层中，选择"masterLayer"（主层）时，所有在显示层中出现的物体都会显示（如果某物体在显示层被关闭了，那么它不出现在渲染层），单击相应的层会显示相应的物体。层前方的字母"R"是指定该层在渲染时被渲染，无"R"显示该层渲染时被忽略。

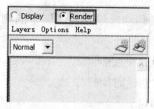

图 6-1　渲染层

图 6-2　单击不同渲染层显示该层的物体

2. 层的操作

"层"面板中的 Layers 下面是有关层的创建、删除、添加和去除物体等命令。

1）"Create Empty Layer"（创建空层）：创建一个空的层，图标为 ⬚ 。

2）"Create Layer from Selected"（由选择物体创建层）：在场景中选择一个物体，执行该命令自动将该物体放入该渲染层中，图标为 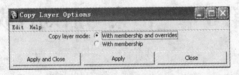。

3）"copy Layer"（复制层）：单击 按钮，"Copy layer mode"（复制层模式）有两个设置选项，如图6-3所示。

图 6-3　渲染层

- "With membership and overrides"（成员及覆盖项）：复制层中的物体及成员的覆盖设置（包括投射阴影、运动模糊、双面等设置）。
- "With membership"（成员）：复制层中的物体。

向指定渲染层中添加物体时，在指定层上选择物体，右击，选择"Add Selected Objects"（增加选择物体）命令。

4）"Select Objects in Selected Layer"（选择层中的物体）。

5）"Remove Select Objects from Selected Layer"（将选择的物体从选择的层中移出）。

6）"Membership"（成员）：与执行"Window"→"Relationship Editors"（关系编辑器）→"Render Layers"命令相同，可以在该窗口显示、修改层成员，如图6-4所示。

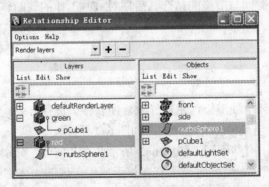

图 6-4　修改渲染层内的成员

7）"Attributes"：打开层属性设置。

8）"Delete Selected Layers"（删除选择的层）：将选择的渲染层删除，删除后该层中的物体被移动至masterLayer。

9）"Delete Unused Layers"（删除没有使用的层）：将没有成员的空层删除。

10）"Sort Layers Alphabetically/Chronologically"（将层按字母/创建时间排序）。

以上大部分命令在相应层上右击，在相应的快捷菜单中选择即可。

6.1.2　渲染与后期的结合

1. 遮挡

1）在场景中创建两个球体，并设置不同的颜色，选择两个球体，按【Ctrl+G】组合键创建组，为组沿Y轴旋转设置动画，使两个球体沿组中心旋转。

调整摄像机位置，使两个球体在旋转过程中能够遮挡住对方，如图 6-5 所示。

2）创建两个渲染层，将界中的红色球体放置到 layer1 下；将红、绿两个球体一同放置到 layer2 下，如图 6-6 所示。

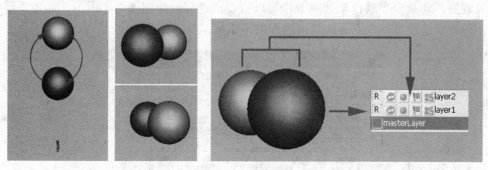

图 6-5　创建场景　　　　　　　　　　　图 6-6　将物体放置到渲染层

3）执行"Window"→"Rendering Editors"→"Hypershade"命令，创建一个 Use Background 材质，修改参数如图 6-7 所示，将此材质赋予 layer2 中的红色球体，它将起到遮挡的作用。

提示： 该操作不会对 layer1 中的红球造成影响，在每个渲染层中，可以单独为物体赋予不同的材质，而不会影响到其他渲染层。

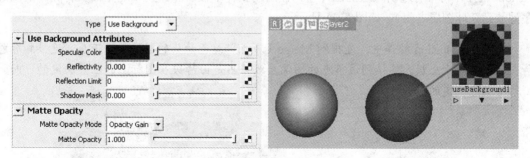

图 6-7　将 Use Background 赋予 layer2 中的红色球体

4）当原红球被赋予 Use Background 材质后渲染不出现，若它在绿球之后，渲染时不产生任何影响，当它在绿球之前，会对绿球产生遮挡的效果，如图 6-8 所示。仅对渲染层 layer1/2 内成员进行渲染，如图 6-9 所示（当渲染层被渲染过一次，图标由 变为 ）。

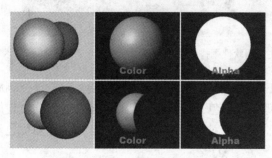

图 6-8　渲染 Layer2 得到遮挡效果　　　　　图 6-9　仅渲染 Layer1 和 Layer2 层

5）单击 ![按钮] 按钮，设置渲染质量、名称和时间范围等，按【F6】键进入 Rendering 模块，执行"Render"→"Batch Render"（批处理渲染）命令，Maya 会进行后台渲染，这时可以关闭 Maya 软件，而渲染仍然会继续，按【Ctrl+Alt+Delete】组合键，打开 Windows 任务管理器，切换至"进程"选项卡，可以查看该进程，如图 6-10 所示，如果需要中断渲染，选择该选项，单击下面的结束进程按钮即可。

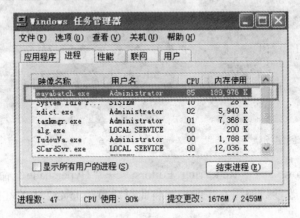

图 6-10　后台渲染

6）渲染完成后，即可在后期软件中导入图片进行编辑，这里使用的是 eyeon 公司的 Fusion 软件，将带有透明通道的图片序列在后期软件中按次序排列（这里需要将绿球的图片序列放到红球图层之上），如图 6-11 所示。

提示：在 Fusion 软件中，连接到 Merge（节点）黄色箭头的图像处于下层，连接到绿色箭头的图像处于上层，连接到该节点的图像层级并不是由箭头在图标上的位置决定的，而是由箭头颜色决定的。

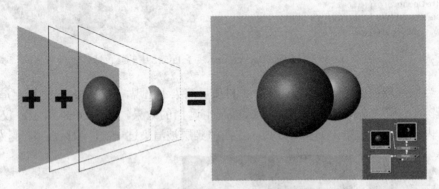

图 6-11　在后期软件中排列图像位置

7）在后期软件中，经常做的一项工作就是为图像添加辉光等效果，随意地控制辉光的大小。由于处在不同的层级，在后期处理中，调色不会影响到其他层的图像，通过使用分层渲染可以独立对场景中的物品、角色调整颜色、对比度等，如图 6-12 所示，对绿色球体添加了辉光并调整了颜色。

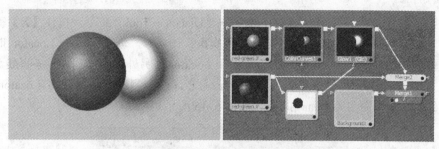

图 6-12　在后期中进行调节

8）当渲染出的图像在明度、颜色等方面不是很满意时，如图 6-13（左）所示的原始图像（眼与身体各占一层），可在后期处理软件中为处于不同层的图像添加辉光或修改颜色、亮度、对比度，得到自己需要的结果，而不必重新渲染。这个角色的渲染图片存放在"06-Render&postproduction\遮挡"文件夹中。

图 6-13　在后期中分别调节不同元素

2．创建景深效果

景深效果的制作是动画制作中必不可少的一项，景深能够突出主体、模糊次要物体，使拍摄主体清晰，带有景深效果的图像能够引导观众的视觉焦点。Maya 默认渲染的图像近处和远处都很清晰，缺乏层次感。使用 Maya 直接渲染出带有景深模糊的图像会耗费非常多的时间，而且如果需要修改时必须重新渲染，已经模糊的位置无法恢复清晰。所以大多制作景深效果会选在后期进行。在后期处理软件里能够方便地修改焦点、模糊程度等。

在后期制作景深效果要用到 Z 通道，Maya 能够在渲染中为图像加入 Z 通道，方法是单击 🖼 按钮，在"Common"选项卡的 Renderable Cameras 选项组中选择"Depth channel（Z depth）"复选框。但是这种方法渲染的 Z 通道在斜面上会有锯齿，如图 6-14 所示。所以有时需要单独渲染出 Z 通道进入后期进行合成。

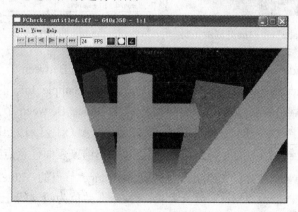

图 6-14　普通方式渲染的 Z 通道斜面有锯齿现象

1）执行"Create"→"Measure Tools"→"Distance Tool"命令，按住【X】键，使用网格捕捉功能在场景中创建一个测量工具，再次执行该命令，创建第一个 Locator 时，将它捕捉到之前创建的任意一个 Locator 上，第二个 Locator 与另外两个排列为一条直线。

为了方便后面的工作，为这 3 个 Locator 命名，两个测量工具共有的 Locator 命名为 Zero，另外两个分别命名为 Near 和 Far，如图 6-15 所示。

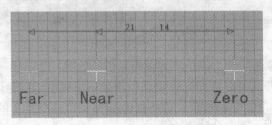

图 6-15　创建测量工具

2）打开"Hypershade"窗口，在"Outliner"中选择 3 个定位器，使用鼠标中键将它们拖放至"Hypershade"窗口的工作区，单击 按钮展开，如图 6-16 所示。

在"Hypershade"窗口内创建一个 setRange 节点，使用中键将与 ZeroShape、NearShape 节点相连接的 distanceDimensionShape 节点拖放到 setRange 上，在 distance 与 oldMinX 之间建立连接，如图 6-17 所示；将与 ZeroShape、FarShape 节点相连接的 distanceDimension Shape 节点拖放到 setRange 上，在 distance 与 OldMax → OldMaxX 属性上建立连接。这两个连接将测量的距离分别作为输入原始距离的最大值和最小值。

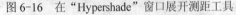

图 6-16　在"Hypershade"窗口展开测距工具

图 6-17　建立属性连接

3）在"Hypershade"窗口内创建 Sample Info 和 Distance Between 节点，将 Sample Info 的 PointCamera 与 Distance Between 节点的 Point1 建立连接。Sample Info 的 PointCamera 属性能够获取渲染表面上的点距离摄像机的三维坐标信息，Distance Between 节点的 Point2 三维坐标数值均为 0，根据数学三维空间坐标两点间距离公式——A（x1,y1,z1）,B（x2,y2,z2），之间的距离等于 $\sqrt{(x2-x1)^2+(y2-y1)^2+(z2-z1)^2}$，可以求出渲染表面任意点距离摄像机的距离。

将 Distance Between 节点的 distance 属性与 setRange 节点的 ValueX 属性相连接，展开 setRange 节点的属性，修改"Min"数值为 0，"Max"数值为 1（等于图像明度最低和最高数值），如图 6-18 所示。

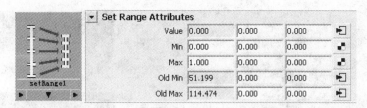

图 6-18 在"Hypershade"窗口展开距离工具

4）创建 Ramp 节点，调整颜色如图 6-19 所示，将 setRange 节点的 outValueX 与 Ramp 节点的 vCoord 相连接，将 Ramp 的 OutColor 连接到 surface 材质的 OutColor 上，最终节点完成图如图 6-20 所示，该材质将被用于渲染景深图片。

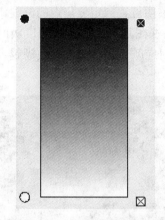

图 6-19 Ramp 节点颜色设置

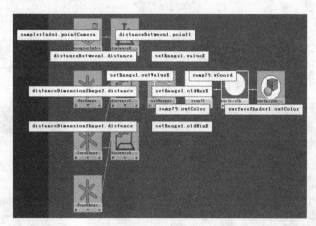

图 6-20 最终节点完成图

5）执行"Create"→"Cameras"→"Camera"命令，将摄像机捕捉到名称为 Zero 的 Locator 上，调整摄像机方向，然后将 3 个 Locator 设定为摄像机的子物体。在调整 Locator 时始终保持它们排列在一条直线上（移动时使用物体坐标系），如图 6-21 所示。

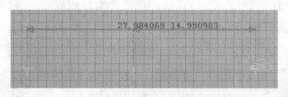

图 6-21 将测距工具作为摄像机的子物体

6）创建两个渲染层，分别命名为 Color 和 Zdepth，将准备渲染的模型放入两个渲染层中，选择 Zdepth 层下的所有物体，将之前制作的景深材质赋予它们。调整摄像机的角度，以及控制远近范围的两个 Locator 在场景中的位置，Maya 在渲染时将根据摄像机上远近两个 Locator 设定的位置对使用景深材质的物体进行着色，如图 6-22 左图所示。渲染后得到两张图片，如图 6-22 右图所示。

7）将两张图片导入到后期软件中进行处理，因为渲染时没有打光，图片显得比较灰暗，首先将图片调亮一些，后期软件都提供了对比调整前后的工具，如图 6-23 所示，竖线左边的 A 区为调整前的效果，右侧 B 区为调整后的效果。

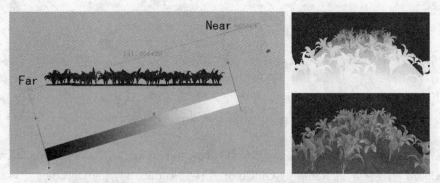

图 6-22　设置摄像机和测距工具后渲染在不同渲染层得到不同的图片

Fusion 提供了比较快捷的方式：使用工具选择图片中非透明位置，定位焦点的位置，景深图片中该点位置的像素的明度级即被定义为焦点明度。景深图片上越接近该明度级的像素，对应颜色位置的像素模糊越小，越远离该明度级的像素对应颜色位置的像素模糊越大，景深效果如图 6-24 所示。

图 6-23　调整图像的亮度及对比度

图 6-24　制作景深效果

8）景深图片的作用还不止于此，之前的调整在清晰与模糊上有了对比，而在颜色纯度上没有什么差别，调整图片纯度也涉及距离概念——远处的植物纯度应该降低。通过后期软件的相应功能反转景深图片明度，将反转后的图像作为控制降低图像纯度的选区，如图 6-25 所示，箭头所示为将景深图片反转明度后的效果，使用该图片作为选区对颜色图像应用饱和度、明度调整时，后面的景物变化会很大，前面景物变化较小，符合视觉的原理。

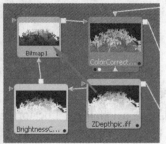

图 6-25　利用景深图片调整图像的纯度

9）后期处理软件也都会提供雾效，这里也需要景深图片为雾效的设置提供距离。如图 6-26 所示为没有经过后期处理的图片与经过后期处理图片的对比。

图 6-26　在后期中添加雾效

3. 模拟热空气效果

在灼热的地面上，会有上升的热空气，因为空气密度不均会对光线造成折射，所以透过这些热空气看到的景物会产生变形，这是很常见的一个现象，这样的效果用 Maya 直接渲染不好实现，但使用后期处理软件做出该效果很方便。

使用后期处理软件提供的 Noise 纹理制作动画，然后将该纹理通过 Displace 应用于图像（制作这种效果时最好将图片渲染得比实际需要尺寸大一些，防止在后期制作变形对像素扭曲时露出图像的边缘），得到变形效果，如图 6-27（左）所示。当制作飞机尾部的热空气时，可以使用相同的方法或使用 Maya 的粒子渲染得到用于制作变形的图像，然后将该图像序列用于后期背景中添加变形效果，如图 6-27（右）所示。

图 6-27　制作热空气效果

4. 使用 Occlusion 为图像添加全局照明效果

传统的 Mental Ray GI 主要有两种方式：photon mapping（光子贴图）和 Final Gather（最终聚集）。但这两种方式的速度都很慢，而且光子的抖动也是一个很大的问题。现在使用 Mental Ray 提供的 Occlusion 贴图可以很好地模拟 GI 效果。

1）在场景中创建一组几何体，设置材质并打灯光，选择所有物体和光源，放到一个渲染层内，将该层命名为 Color；选择所有物体（不用选择光源）放到另一渲染层内，将该层命名为 Occlusion，在 Occlusion 层上右击，选择"Presets"→"Occlusion"命令，如图 6-28 所示。完成后 ⬤ 显示为 ◉ ，表示材质被覆盖，▦ 显示为 ▩ ，表示渲染被覆盖。

图 6-28　渲染 Occlusion 层

2）对场景进行渲染，得到两张图像，如图 6-29（左）（Color）和（中）（Occlusion）所示，使用后期处理软件在两个层之间设置叠加效果，得到 GI（Global Illumination）全局照明效果（对比左图和右图暗部区域、表面与表面接近处的变化）。

提示： 使用 Photoshop 也可以制作此效果，但各软件的效果会有些许不同。

图 6-29　制作热空气效果

可以简单地将 Occlusion 理解为场景中所有的物体都是单一的白色，并且处在白光的均匀照明下（创建 Occlusion 图像不需要使用灯光照明），当物体间的距离接近导致光线无法到达时，表面就会变暗，表面越接近的地方越暗。所以 Occlusion 图片像是一张阴天状态下曝光极好的灰度照片。它主要用于改善阴影效果，使图像更有深度。

如图 6-30 所示，场景中 4 个球体距离地面的高度不同，然后渲染出 Occlusion 图像，距离地面越近的表面越暗。

在"Hypershade"窗口中选择 mib-amb-occlusion 节点，打开属性编辑器。

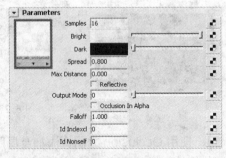

图 6-30　渲染 Occlusion 图像时物体明度决定于物体间的距离　　图 6-31　Occlusion 节点属性

- "Samples"（采样）：控制渲染图片的采样率，采样率越高图片过渡越柔和，较低的采样率会在图像上产生杂点。
- "Bright"（亮）：设定图像最大亮度和颜色，根据需要可以为其设定超过 1 的数值 "Dark"（暗）：设定图像最低明度和颜色。
- "Spread"（扩散）：如图 6-32（左）所示，从物体上某个点所发出的光线遇到物体遮挡，没有受到阻挡的光线继续前进，Maya 根据光线被阻挡与没有被阻挡的比例计算该点的像素明度，为 Spread 设定不同的数值观察结果，如图 6-32（右）所示。

图 6-32　Spread 工作方式及其对图像的影响

- "Max Distance"（最大距离）：光线计算的最大距离，如图 6-33 所示（当该数值为 0 时，Maya 会使用内定的数值进行计算）。

图 6-33　Max Distance 对图像的影响

5. 分通道渲染

分通道渲染能够将图像的一些通道单独渲染。将物体和灯光放入渲染层，单击"层"面板中的 按钮，打开如图 6-34 所示的窗口。选择所有复选框，将所有内容渲染到一张图片上。使用通道合成图像会和直接渲染具有所有内容的图像有细小区别。

图 6-34　单独渲染图像通道

在后期处理过程中将这些图像叠加，得到最终的图像，优点是可以对一些细节进行调节，如图 6-35 所示。

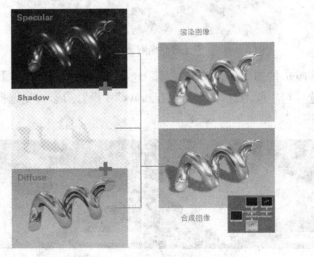

图 6-35　将渲染出的图像合成

6．硬件渲染图像与软件渲染图像结合

以前面的飞机为例，先使用软件渲染把两架飞机分别渲染出来，然后将 Surface 材质调整为黑色赋予两个飞机模型，使用硬件渲染得到粒子图像（飞机与背景都是黑色）。将两个图像序列调入后期软件，将其叠加得到最终图像，如图 6-36 所示。

提示：一定要将两种方式渲染的图像尺寸设定一致。

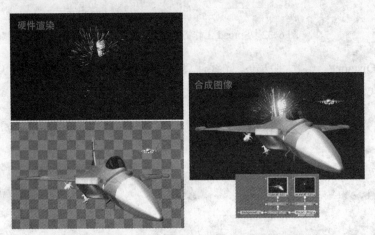

图 6-36　在后期中将软件渲染结果与硬件渲染结果叠加

7．覆盖

渲染层时，"Layer Override"（层覆盖）选项能够使材质或者渲染属性独立。

创建一个简单的场景，如图 6-37 所示。将场景中的所有物体放入两个渲染层中，并为层命名。

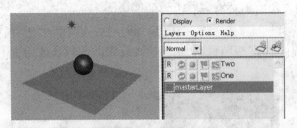

图 6-37　创建场景将所有物体分置于两个渲染层

单击命名为 Two 的渲染层，使其亮显，选择球体，按【Ctrl+A】组合键打开属性，在"Render Stats"选项组中取消选择"cast Shadows"（投射阴影）复选框（该字符变为橙色显示），渲染两个渲染层，结果如图 6-38 所示。

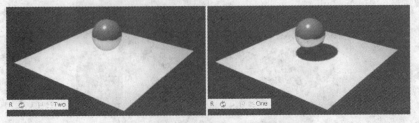

图 6-38　单独指定渲染层是否渲染阴影

164

单击图层的  按钮，可以为该渲染层中的成员设置覆盖属性，以 Two 渲染层的球体为例，之前将其设置为取消选择"cast Shadows"单选按钮，在"Member Overrides"（成员覆盖）卷展栏中，"Override Off"单选按钮为选择状态，如图 6-39 所示。再次查看球体的"cast Shadows"选项，可发现只有在该选项上右击，在弹出的快捷菜单中选择"Unlock Attributes"（解锁属性）命令，才能修改其属性。在该选项组为属性设置"Override Off"或"Override On"，图标 会变为 。

使用层覆盖不仅可以调节材质、渲染属性，还能对不同的层应用不同的修改操作。按【F2】键进入 Animation 模块，选择球体，执行"Create Deformers"→"Nonlinear"→"Squash"命令，为球体添加变形器。单击任意渲染层，选择变形器，在 Factor 属性上右击，选择"Create Layer Override"命令，如图 6-40 所示，完成后文字变为橙色显示（在该字符上右击，选择"Remove Layer Override"（移除层覆盖）命令，可以去除层覆盖，文字也会变回黑色显示）。然后在该属性上调整数值，使球体压扁或拉长。

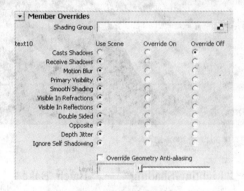

图 6-39　覆盖属性　　　　　　　　　　图 6-40　在变形器上创建层覆盖

单击查看另一层，现在两个层物体拥有不同的形态，如图 6-41 所示。

图 6-41　在不同渲染层得到不同的挤压拉伸效果

需要为不同渲染层指定不同渲染器时，选择需要设置的层，单击顶部的 按钮，在"Render using"选项上右击，选择"Create Layer Override"命令，然后选择渲染器即可， 图标会变为 。

8. 烘焙贴图

烘焙贴图是一个创建物体表面光照分布的贴图过程。烘焙贴图能够根据物体渲染的外观来创建纹理贴图，然后将创建完成的贴图还给原物体，使物体在没有光照的情况下仍然以烘焙时光照的效果显示。烘焙贴图主要用于在显卡、游戏引擎的驱动程序上，快速显示贴图物体或远景物体表面光影变化不明显的物体上，这样在渲染动画时不必计算光影，以达到渲染加速的目的。由于是将表面光照效果烘焙到物体表面，所以使用烘焙贴图后不能再制作灯光和影响物体表面光照的动画，否则会出现光影错误。在对模型应用烘焙时，模型必须具有正确的 UV 信息。

9. 使用 mental ray 渲染器制作烘焙贴图

如图 6-42（左）所示，为场景中的模型布置灯光，使用 mental ray 渲染场景中的物体，结果如图 6-42（右）所示。

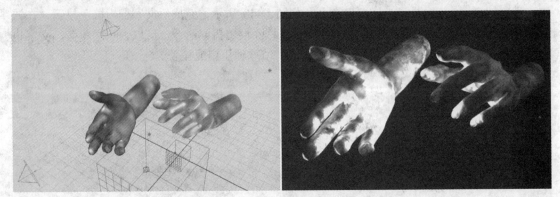

图 6-42　创建场景测试渲染效果

按【F6】键进入 Rendering 模块，执行"Lighting/Shading"→"Batch Bake （mental ray）"（批量烘焙）的 □，打开窗口，如图 6-43 所示。选择"Use bake set override"（使用烘焙设置覆盖）复选框可以将"Texture Bake Set Override"的属性激活。

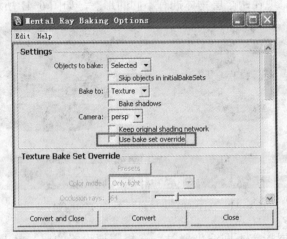

图 6-43　烘焙设置

下面对烘焙的一些参数选项进行说明。

1）"Objects to bake"（烘焙物体）。All：对场景中的所有物体进行烘焙；Selected：对选择的物体进行烘焙。

2）"Bake to"（烘焙至）。"Vertices"（顶点）：将信息烘焙到物体的顶点上，但该种方式不能用于最终的渲染，模型上的颜色信息在 Maya 的视窗可见，主要面向游戏，借助游戏的引擎显示。Texture 将信息烘焙到一张贴图上，然后使用该贴图赋予物体。"Bake shadows"复选框控制是否烘焙阴影。

3）"Color mode"（颜色模式）。"Light and color"：烘焙灯光和颜色；"Only light"：仅烘焙灯光；"Only global illumination"：仅烘焙全局照明；"Occlusion"：烘焙 Occlusion 贴图。

4）"Normal direction"（法线方向）。"Surface front"：曲面的法线方向；"Surface back"：曲面的法线反方向；"Face camera"：摄像机方向。

5）"X/Y resolution"（X/Y 分辨率）：指定烘焙贴图的尺寸。

选择场景中的物体，指定"Bake to"为"Texture"；指定"Color mode"为"Light and color"；并设置"X/Y resolution"数值，进行烘焙。

烘焙完成后，打开"Hypershade"窗口进行查看，一个新的材质替换了原有的材质。在场景中仅保留一个光源，修改该光源的"Intensity"数值为 0，将其余灯光删除。这样做是使当前场景中没有用于照明的光源，因为在 Maya 里有两盏默认的灯光，如果场景中没有光源，它们就会开启。渲染场景结果如图 6-44 所示。与之前打光的效果相同，但速度提升很大。

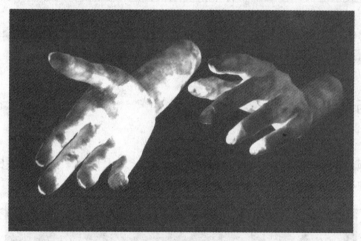

图 6-44　使用烘焙的贴图渲染出的图像

10．使用 Maya software 渲染器制作烘焙贴图

仍然使用上一场景，单击 ▦ 按钮，在 Render using 窗口将渲染器切换为 Maya software 渲染器。

使用 Maya 软件渲染器与使用 mental ray 渲染器制作烘焙贴图操作方式有些不同：选择场景中的模型，然后在"Hypershade"窗口中选中模型所使用的材质，在"Hypershade"窗口菜单栏执行"Edit"→"Convert to File Texture（Maya Software）"（转换为贴图）的 ❑，选择"Anti-alias"复选框打开抗锯齿；选"Fill texture seams"（填充纹理缝隙）复选框；选择"Bake shading group lighting"（烘焙明暗组灯光）复选框，如图 6-45 所示，进行烘焙。

在制作角色 Eccentricity、Specular Roll Off 贴图时，经常使用全局光烘焙出贴图，然后将图像导入 Photoshop 软件中，对模型突出部位进行提亮，如眉弓、鼻梁；对脖子、眼窝等部位降低明度，如图 6-46 所示。

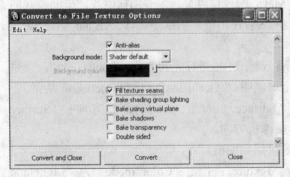

图 6-45　使用 Maya 软件烘焙　　　　图 6-46　使用烘焙贴图方法得到贴图然后进行修改

6.2　任务小结

后期制作是动画制作中非常重要的环节，在动画制作公司会有专人负责后期工作。三维渲染与后期制作关系密切，在三维软件中正确地设置渲染输出，可以为后期制作提供很大的便利，所以三维动画制作者必须掌握一款后期软件，了解后期的工作方式。

在这个任务中只是简单地介绍了一些后期与 Maya 结合的内容，更多的三维与后期结合的技巧还需要根据所从事的行业进行学习。

6.3　习题与案例实训

练习题

在随书光盘"06-Render&postproduction\PIC"文件夹中提供了相应的图片，请尝试使用后期软件进行合成，完成后的图像如图 6-47 所示。

图 6-47　后期合成练习完成图

第7章 综合实例

7.1 柔体飘带

使用柔体制作飘带，柔体沿指定路径行进，受到场的作用产生飞舞绸带效果的动画，在此基础上可以通过材质、贴图的改变，得到流动的光线效果。

1）执行"Create"→"NURBS Primitives"→"Interactive Creation"操作，在场景中创建一个 Plane，修改"Scale X"为 20，设置"Patches U"为 300，"Patches V"为 20。在场景中任意绘制曲线作为 Plane 的运动路径，如图 7-1 所示。

为面片制作骨骼，如图 7-2 所示。

图 7-1　创建 NURBS 面片和运动曲线　　　　　图 7-2　为面片制作骨骼

2）在场景中创建一个多边形圆锥体，修改"Subdivisions Axis"数值为 10，"Height"为 0.01，选择 5 个不相邻的点，执行"Create Deformers"→"Cluster"命令，选择簇，按【Insert】键，然后按住【V】键将轴枢点捕捉到中心，缩放簇，得到一个五角星形状，如图 7-3 所示。完成后删除历史。

3）将中间的点拉高，并删除该五角星底面，按【Ctrl+D】组合键复制模型，然后将复制的模型镜像至另一面。按【F3】键进入 Polygons 模块，选择两个模型，执行"Mesh"→"Combine"命令，将两个模型结合，然后执行"Edit Mesh"→"Merge"命令合并边缘顶点，得到一个完整的五角星。

4）将完整的五角星再复制出两个，调整它们的位置及尺寸，使用"Combine"命令将其结合，然后将这 3 个五角星作为骨骼根关节的子物体，结果如图 7-4 所示。

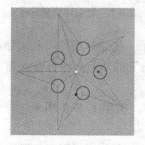

图 7-3　缩放圆锥体不相邻的点得到五角星　　　　图 7-4　将五角星作为骨骼根关节的子物体

5）按【F2】键进入 Animation 模块，选择骨骼和面片，执行"Skin"→"Bind Skin"→"Smooth Bind"命令，将面片绑定到骨骼上。

6）执行"Skeleton"→"IK Spline Handle Tool"的 ❑，按照图 7-5（左）所示进行设置。场景中光标变为十字形，先选择骨骼根关节，然后选择骨骼末端关节，最后选择路径曲线。使路径曲线成为骨骼的 IK 样条。

选择 IK 手柄，在"通道"选项组中调节"Offset"数值，并在时间线上设置关键帧，使面片沿着路径运行。查看运动效果。再次调整路径的形状，使面片在运动时有较丰富的变化，如图 7-5（右）所示。

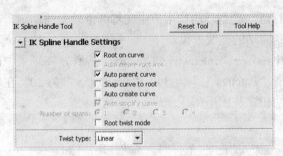 

图 7-5　创建线 IK 使骨骼沿路径运行

7）按【F5】键进入 Dynamics 模块，选择面片，执行"Soft/Rigid Bodies"→"Create Soft Body"的 ❑，在打开的窗口中，按照图 7-6 所示进行设置，然后单击"Create"或"Apply"按钮创建柔体。

8）首先屏蔽骨骼的选择，然后在"Outliner"中选择粒子，按【F9】键在粒子变为蓝色后，框选所有的粒子，执行"Window"→"General Editors"→"Component Editor"命令，在打开的窗口中切换至"Particles"选项卡，将所有粒子的"goalPP"属性数值修改为 0.35～0.45。

9）选择柔体，执行"Soft/Rigid Bodies"→"paint Soft Body Weight Tool"命令，为柔体绘制权重，将接近五角星位置的柔体粒子权重数值调高，如图 7-7 所示。

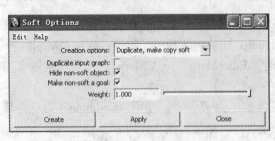 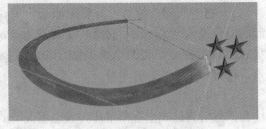

图 7-6　创建柔体　　　　　　　　　　图 7-7　为柔体绘制权重

10）播放动画，发现柔体的运动幅度过大，需要在粒子上施加弹簧，限制柔体运动。选择柔体粒子，执行"Soft/Rigid Bodies"→"Create Springs"的 ❑，在打开的窗口中按照图 7-8 所示进行设置。

11）选择粒子，执行"Fields"→"Turbulence"的 ❑，按照图 7-9 所示进行设置，为柔体添加震荡场。

12）创建两个材质球，按照图 7-10 所示进行设置，将红色材质球赋予面片，将金色材质球赋予五角星物体。

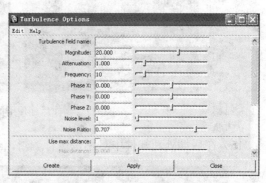

图 7-8　为粒子创建弹簧　　　　　图 7-9　为粒子添加震荡场

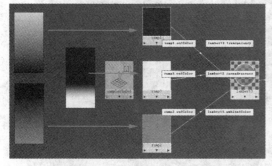

图 7-10　为粒子创建弹簧

13）渲染场景，结果如图 7-11 所示。

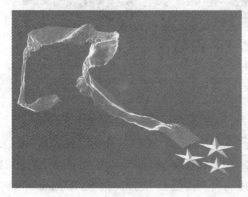

图 7-11　对场景进行渲染

14）将所有物体放入渲染层，将该层命名为"Color"，复制该层，将复制层命名为
Alpha，在"Hypershade"窗口中复制面片材质，并按图 7-12（左）所示进行修改，然后将
该材质赋予 Alpha 渲染层中的面片物体。

将黑色 Surface 材质赋予五角星物体，渲染得到如图 7-12（右）所示的图像，在后期处
理软件中将该图像用于控制 Glow 效果。

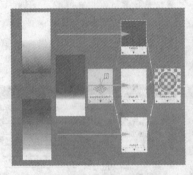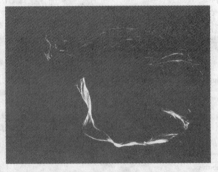

图 7-12　制作后期使用的控制 Glow 范围的通道

15）在后期处理软件中对图像进行编辑，结果如图 7-13 所示。

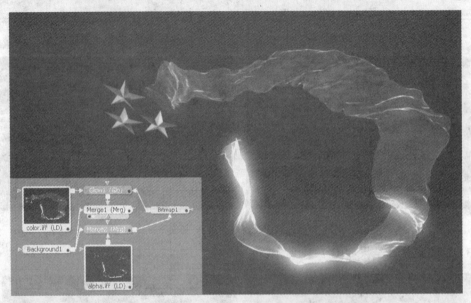

图 7-13　在后期处理中为高亮部增加明度及添加 Glow 效果

7.2　辫子

沿辫子创建曲线，然后将曲线制作为 Hair 动力学曲线，该曲线为辫子模型应用线变形制作辫子的动力学效果，也可以通过使用线 IK 的思路解决。

1）在随书光盘"07-Example\Hair"文件夹下打开 Hair.mb 文件。执行"Create"→"CV Curve Tool"命令，沿辫子走向由上至下绘制一条曲线。调整曲线在辫子中的位置，如图 7-14 所示。然后将该曲线镜像复制至另一侧辫子。

2）按【F5】键进入 Dynamics 模块，选择两条曲线，执行"Hair"→"Make Selected Curves Dynamic"命令，创建动力学曲线，播放动画，动力学曲线两端被固定。

在"Outliner"窗口中展开"hairSystemFollicles"选项，选择 follicle，在"通道"选项组修改"Point Lock"为"Base"，使动力学曲线开始端被固定，如图 7-15 所示。

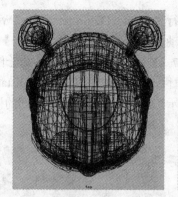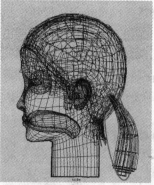

图 7-14 在辫子中心位置绘制一条曲线

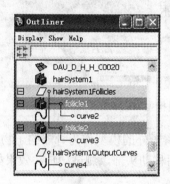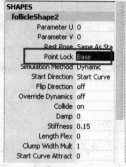

图 7-15 将动力学曲线的一端固定

3）选择动力学曲线，分别执行"Hair"→"Set Start/Rest Position"→"From Current"命令，为头发设置初始和静止曲线。

展开头发属性，在"hairSystemShape"选项卡下展开"Dynamics"卷展栏，设置"Stiffness"属性数值并修改"Stiffness Scale"属性，如图 7-16 所示。

4）执行"Solvers"→"Interactive Playback"命令，然后使用移动工具晃动hairSystemFollicles，查看效果（查看完成后记得将位置复原）。

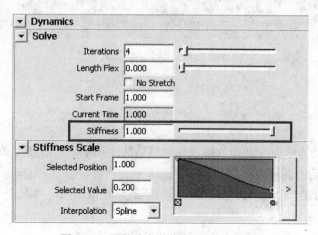

图 7-16 调整动力学曲线 Stiffness 属性

5）按【F2】键进入 Animation 模块，执行"Create Deformers"→"Wire Tool"命令，选择辫子模型后，按【Enter】键，然后单击动力学曲线，再次按【Enter】键，为相应的辫子模型建立线变形。检测动画，如果发生图 7-17 左图所示情况——线变形无法影响红圈内的点，选择曲线，在属性通道内展开线变形属性，适当增加"Dropoff Distance"数值，使它可以对辫子模型正确变形，如图 7-17 右图所示，对另一侧辫子执行相同的操作。

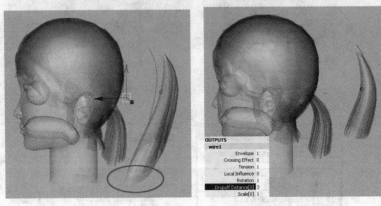

图 7-17　对模型应用线变形

6）为头部模型添加骨骼并蒙皮，将除辫子外的模型作为骨骼的子物体，将"hairSystem Follicles"作为骨骼相应关节的子物体，前后移动头部，测试动画，效果如图 7-18 所示。将完成的 Hair-final.mb 文件保存在目录下。

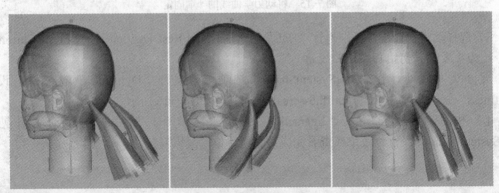

图 7-18　辫子运动效果

7.3　鱼群

利用 Hair 的动力学曲线制作鱼鳍，使鱼鳍自然地摆动，然后使用做好的鱼作为粒子替代物制作一群鱼游动的群体动画。

1）在场景中创建一个简单的鱼模型，将鱼鳍的位置留出来，如图 7-19 所示。后面将使用 Hair 曲线为它创建鱼鳍。

提示：使鱼头朝向 X 轴正方向，可以为以后设置动作提供方便。

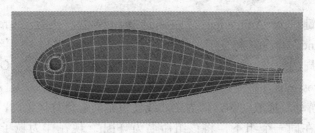

图 7-19　制作鱼模型

2）在模型上创建鱼鳍曲线，如图 7-20 所示。为了方便以后的显示，创建完成后将所有曲线放到一个层下，将该层命名为 Fish_Curves。

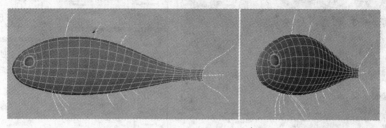

图 7-20　为模型表面创建曲线

3）选择鱼模型，然后选择所有用于制作鱼鳍的曲线，执行"Hair"→"Make Selected Curves Dynamic"的 ，在打开的窗口中，选择"Snap curve Base to Surface"（将曲线基础部分捕捉到曲面）复选框，如图 7-21 所示。创建完成后，在模型表面出现毛囊和动力学曲线。关闭 Fish_Curves 层的显示。

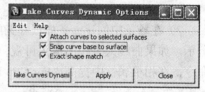

4）选择所有动力学曲线，执行"Set Start/Rest Position"→"From Current"命令播放动画查看曲线的运动，现在的鱼鳍显得太软，在"Outliner"窗口选择"hairSystem"选项，按【Ctrl+A】组合键，打开属性，切换至 hairSystemShape 选项卡，展开"Dynamics"卷展栏，对曲线的硬度进行设置，如图 7-22 所示。

图 7-21　将曲线转化为动力学曲线

根据鱼鳍所在部位不同，选择毛囊，打开属性，选择"Dynamics Overrides"选项组下的"Overrides Dynamics"选项，对曲线进行单独设置。

5）按【F4】键进入 Surface 模块，依次选择鱼鳍曲线，执行"Surfaces"→"Loft"命令，结果如图 7-23 所示。

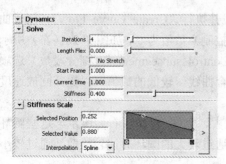

图 7-22　对动力学曲线的硬度进行设置

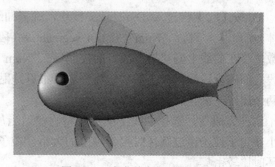

图 7-23　在曲线之间放样出曲面

6）按【F2】键进入 Animation 模块，选择鱼模型，执行"Create Deformers"→"Nonlinear"→"Sine"命令，将变形器旋转到合适的角度，然后调节该工具的影响范围，使它不影响鱼眼睛周围的点，如图 7-24（左）所示。设置完成后在 Offset 上右击，执行"Editors"→"Expressions"命令，输入表达式：sine1.offset=frame/20，如图 7-24（右）所示，使鱼能够持续游动。播放动画，动力学曲线使鱼鳍随着鱼身体晃动。

将所有物体放在同一个组下，将该组命名为 Fish。现在作为粒子替代物体的鱼即制作完成。

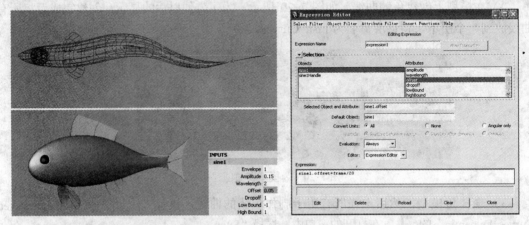

图 7-24　为模型添加非线性变形并使用表达式使变形器持续运动

7）在场景中创建一条曲线作为鱼群的路径，曲线要占有足够的空间，如图 7-25（左）所示，如果曲线太大超出镜头可视范围，可在窗口菜单栏执行"View"→"Select Camera"命令，在相机属性中提高"Far Clip Plane"数值，如图 7-25（右）所示。

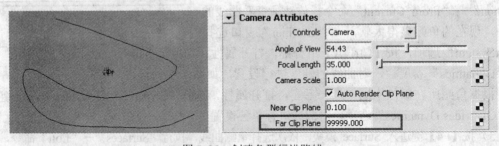

图 7-25　创建鱼群行进路线

8）按【F5】键进入 Dynamics 模块，选择曲线并执行"Create Curve Flow"（创建曲线流体）的 □，设置"Num Control segments"（段控制）数值为 9，如图 7-26（左）所示，该数值将在曲线上创建指定数目的控制环。"Num Control subsegments"（细分段数）选项设置段之间的分段数，较高的数值将使粒子很好地贴合曲线，较低的数值可以提高回放速度。这两个属性在创建后无法修改。

创建完成后，选择曲线上的圆环将它们适当放大，如图 7-26（右）所示。这些圆环的大小决定了粒子通过圆环时聚集程度的大小，粒子通过较大的圆环时比较松散，通过较小的圆环时比较密集。

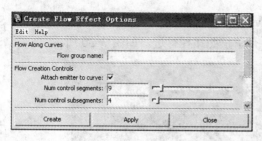

图 7-26　创建曲线流体参数设置

9）在这里调节粒子运动速度与之前不同，单击"播放"按钮时，粒子会从初始端出现，并沿路径向结束端移动，到结束端时粒子死亡，所以在这里定义粒子生命时间，即定义粒子沿曲线运动的速度，粒子生命数值高，行进速度就慢；粒子生命数值低，行进速度就快。

把时间范围设置为 0～999，在"Outliner"窗口中选择 Flow 节点，在右侧通道栏修改"Lifespan"数值为 40，拖动时间滑块到 50 帧位置，设置"Emission Rate"数值为 8，打一个关键帧，将时间滑块拖到 120 帧的位置，设置"Emission Rate"数值为 0，打一个关键帧。这样就会有一小段前面略多后面略少的粒子沿着曲线运动，如图 7-27 所示。

10）在"Outliner"窗口中先选择 Fish 组节点，然后展开"Flow"选项，选择"Flow_Particle"选项，执行"Particles"→"Instancer（Replacement）"命令，当前的粒子变成了鱼。播放动画，发现鱼不会按照路径方向行进，而是以一种僵硬的姿势行进，如图 7-28 所示。

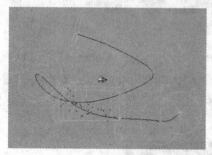
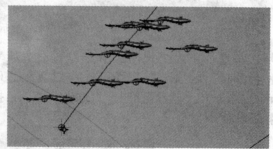

图 7-27　制作一些粒子沿路径行进的动画　　　　图 7-28　当前鱼群运动不贴合路径

11）在"Outliner"窗口中展开"Flow"选项，选择"Flow_particle"选项，展开属性，切换至"Flow_particleShape"选项卡，设置"Instancer（Geometry Replacement）"→"Rotation Options"→"AimDirection"为"velocity"，如图 7-29（左）所示，再次播放动画，鱼群在总体上会沿路径行进，但个体会不时向其他方向行进一段距离，如图 7-29（右）所示，这是因为随机速率默认是 0.5。

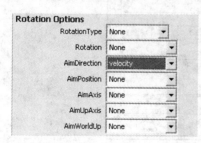

图 7-29　鱼群在前进时有随机变化

12）在"Outliner"窗口中选择"Flow"选项，在通道栏设置"Random Motion Speed"（随机运动速率）为0，再次播放动画，所有鱼按照路径行进，如图7-30所示。

图7-30　修改随机运动速率控制粒子行为

13）在视窗直接播放动画时，鱼可能会没有游动的效果，如图7-31所示，这只是显示问题，执行"Window"→"Playblast"命令，就可以看到正确的结果。如果动作不明显，可以调整源物体变形器的属性。

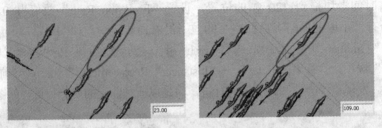

图7-31　解决显示问题

14）当前的鱼大小相同，需要为它们增加一些变化，在"Outliner"窗口中选择"Flow_particle"选项，展开其属性，切换至"Flow_particleShape"选项卡，在"Add Dynamic Attributes"选项组单击"General"按钮，按照图7-32所示进行设置，然后执行命令为粒子增加属性。

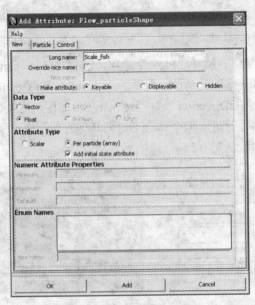

图7-32　为粒子增加新的属性

178

15）展开"Per Particle（Array）Attributes"选项，在新增加的属性上右击，选择"Creation Expression"命令，在打开的窗口中输入表达式：Flow_particleShape.Scale_fish= rand(0.5,1.5)。

在"Instancer（Geometry Replacement）"卷展栏中选择"Allow All Data Types"（允许所有数据类型）复选框，然后单击"Scale"右侧的 下拉按钮，选择之前创建的属性，如图 7-33 所示。

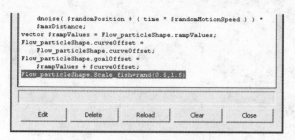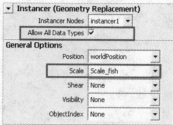

图 7-33　创建表达式

16）设置"Random Motion Speed"（随机运动速率）为 0.3～0.5；将每个圆环设置为不同的尺寸，播放动画，效果如图 7-34 所示。

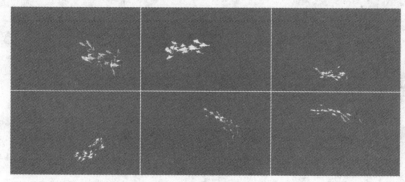

图 7-34　鱼群动画

7.4　任务小结

3 个例子分别使用了 Maya 的柔体、头发和粒子。Maya 是一个非常复杂的软件，在学习的过程中需要灵活运用软件提供的工具，在一种方法不熟或者不会的情况下，可以尝试使用自己能够使用的工具来解决问题。

7.5　习题与案例实训

练习题

（1）制作一条按设定路径游动的鱼（使用变形器和路径动画）。

（2）制作被风吹动的窗帘（使用柔体或使用曲线放样曲面，然后在不删除历史情况下调节"CV"点）。

（3）制作一群飞舞的蝴蝶（使用粒子替代）。